リーナのイケメンパパ

田沢五月・作
森川 泉・絵

国土社

もくじ

1 イケメンパパ

今日《きょう》も校門の前で、パパが待っていた。

「パパ！」

里菜《りな》がかけよろうとしたとき、後ろを歩いていた六年生の女の子たちが、「うわっ！」と声をあげた。

「ねえ、見て！　あの人、かっこいい！」

「ほんと、イケメン！」

「すっごい、背《せ》が高い！」

長い足に細身のジーンズ、はずしたサングラスを手に、満開のサクラを見あげるパパ……。まるで映画《えいが》のワンシーンのように決まっている。

「ねえ、あの子のお父さんかな？」

里菜の背中《せなか》を指さしているはず。

「リーナ、お帰り」

ふり向いたパパがにっこりして、片手《かたて》をあげると、また、ささやきが聞こえた。

「あっ、あの子、五年生の山口里菜《やまぐちりな》ちゃんだ」

図書委員会でいっしょの六年生の声だ。

「ねえ、『リーナ』だって」

「すてき！」

パパは里菜のことを「リーナ」とよぶ。アニメのヒロインみたいで、悪い気はしない。

後ろの声は続いた。

「あんなお父さんとなら、いっしょに歩いてもいいよね」

「そうだよ。うちのパパなんか、お腹《なか》出てるから、絶対《ぜったい》ダメ」

「うちも！　洋服のセンス最悪だもん」

「あの子、いいなあー」

たくさんの視線《しせん》を感じながら、背筋《せすじ》を伸《の》ばして、パパとならんで歩く。

最高の気分……。

でも、夢《ゆめ》は、「はい、ここまで」って感じ。

里菜はおそるおそるパパを見あげた。

「ねえ、今日《きょう》はどうだった？」

「……」

返事がない。パパの顔に暗雲がただよう。まるで、世界中の不幸を全部背負《せお》いこんだ感じの表情《ひょうじょう》だ。

(また、だめだったんだ……)

パパって、すごくわかりやすい。うれしいときは、世界一幸せそうな顔になるし、悲しいときはその反対。顔のほりが深いからかもしれない。

「なんか、パパにあう仕事がないんだ……」

昨日《きのう》と同じいいわけをするパパを、里菜はピリッときびしい顔でにらんだ。

「そんなことをいわないで、自分が仕事にあわせることも、考えなくちゃ」

そっくりママの受け売りの言葉に、パパはオーバーにまゆをよせ、肩《かた》をすくめた。

そのとき、後ろからかけて来て里菜《りな》たちを追いこしたのは、同じクラスのハルカだった。

「バイバイ、里菜ちゃん」

「あっ、ハルカちゃんバイバイ」

アイドル志望《しぼう》のハルカはジュニアミュージカルクラブのメンバーで、放課後はいつもかけ足だ。

走りながら、ハルカがさけんだ。

「いいな、里菜ちゃんのパパって、俳優《はいゆう》さんみたい！」

ドキリとして足がとまった。思わずパパの顔を見あげる。

目があったパパは、

「……いやあ、かくしても、かくしきれないもんだな。イケメンはつらいぜ」

と、砂色《すないろ》のやわらかな髪《かみ》をかきあげた。いつもとかわらないお調子者のパパ……。

でも、里菜は見てしまった。ほんの一瞬《いっしゅん》だけれど、パパの顔がかげるのを。

ここ、ひと月、里菜には見せなかったパパのほんとうの顔……かもしれない。

パパの名前は山口信介《やまぐちしんすけ》。三月半ばまで、東京《とうきょう》で舞台俳優《ぶたいはいゆう》をしていた。ほとんど脇役《わきやく》ばかりだけれど。

パパとママは東京で大学生だったときに結婚《けっこん》して、里菜が生まれたそうだ。

その後もパパは俳優の仕事を続けたけれど、収入《しゅうにゅう》が少ないから、ママと里菜は岩手《いわて》のおじいちゃん、おばあちゃんの家でくらしてきた。

「パパとはなれていて、さみしいでしょう」

「かわいそうに」

などとよくいわれたけれど、そんなことはない。

おじいちゃんもおばあちゃんもやさしいし、ママの弟で京都《きょうと》の大学に行っている修兄《しゅうにい》ちゃんも長い休みには帰ってきて、いっぱい遊んでくれる。

ママはパパの舞台の初日には、必ず見に連れて行ってくれた。

舞台のパパはかっこよかった。

「パパは、いつか必ず、あの舞台の真ん中に立つの」

これが、ママの口ぐせだった。

そんなパパがいきなり俳優《はいゆう》をやめて、この町に来てから、ひと月がすぎている。

ママと里菜《りな》は、おじいちゃんの家を出て、アパートで三人ぐらしをはじめていた。


気を取りなおして、里菜は明るい声で聞いた。

「ねえ、パパ、夕飯の買い物して行く？」

「ああ、そうだな。今夜はなににしようか」

うーん……と深く考えるポーズをとり、パパはポンと手を打った。

「そうだ、カレーにしよう！」

ほんとうに、しょうがないパパだ。

「カレーはおとといい食べたばかりだよ」

わが家の家事は現在《げんざい》、パパの受けもちだ。

ママは前から働いている運送会社の事務《じむ》の仕事が終わったあと、二十四時間営業《えいぎょう》のファミリーレストラン「ポパイ」でアルバイトをしている。

そもそも、ポパイに先につとめたのはパパだった。

お店はオープンしたばかりでネコの手も借りたいほど忙《いそが》しいと聞いて、ママも夕方、二時間だけいっしょに働くことになったのだ。

それなのに、パパの方が、あっという間にクビになってしまった。

「クビにした店長の気持ちもわかるわ。いくら方向音痴《ほうこうおんち》でも、テーブルの二列目と三列目くらいわかりそうなものよね。平気で別のテーブルに料理を運んでしまうんだから。しかも、『きゃあ、イケメン！』なんて声をかけられるとおしゃべりはする。おだてられると、いきなり大きな声で歌いだす……。あれじゃあ使えないわよ」

と、あきれていたママは店長に気に入られ、そのままバイトを続けている。

二つの仕事をかけもちで、疲《つか》れきって帰るママをイライラさせたくない。

「一日に一回はご飯とみそ汁にして、ってママにいわれてるでしょ！」

「はい、はい」

里菜にしかられて、パパは頭をさげた。

「今夜は野菜いためと、焼き魚にいたします」

パパができる料理はカレーと、野菜いためと焼き魚だけだ。

「うん。お魚は里菜《りな》が焼くよ」

パパが焼くと真っ黒こげにしてしまう。

「よろしく頼《たの》むよ。リーナはママに似《に》て、料理がじょうずだからな」

スーパーに入ろうとしたとき、パパの胸《むね》ポケットから着信のラブソングが聞こえた。

「おっ、ママからメールだ」

パパは携帯電話《けいたいでんわ》を取りだした。

「おっ、リーナ、ママは残業だから、夕飯いらないって」

なんだか、声がはずんでいる。スーパーに入るのもやめるみたいだ。

「どうすんの？　買い物は？」

ニヤニヤして、パパは歌うようにいった。

「外食〜、外食〜、ママにはないしょだあー」

空に向かって両手をひろげる。

「今夜はリーナと夢《ゆめ》のディナー！」

舞台《ぶたい》できたえたパパの声は大きい。みごとなテノールに、まわりの人たちがふり向いた。

「恥《は》ずかしいよ。パパ」

かまわず先に立って、パパはどんどん歩く。追いつくために里菜は小走りだ。

「待って。どこに行くの？　お金あるの？」

パパの足がピタリととまった。

「ええと……」

パパは小銭《こぜに》入れを取りだし、チャラチャラふって、中をのぞく。

「今日《きょう》は昼にパンを一個買《こ》っただけだから……。八九〇円も残ってるぞ。昨日《きのう》の残りをたして、ちょうど一〇〇〇円だ」

「それで、夢のディナー？」

しばし、沈黙《ちんもく》だ。

「ちぇっ、ラーメンか、焼きそばだな」

あきれたパパだ。

「それだけじゃあ、ラーメンも焼きそばもあやしいよ」

「そっかぁー」

里菜《りな》の家の食費は、パパの仕事が見つかるまでは一日一〇〇〇円と決められている。これは、誕生日《たんじょうび》などの特別な日以外はやぶることができないルールだ。

パパはしおれきってしまった。

「まさか、ポパイに行けないしなあ……」

ポパイに行けば、五〇〇円の定食がある。けれど、ママに外食がばれてしまうというわけだ。

「キャベツとモヤシを買って、家で焼きそばをつくろうよ。そしたら、お腹《なか》いっぱい食べられるよ」

それでもパパは子どものようにしょげて、コンビニ前のベンチにすわりこんでしまった。

「ああ、寿司《すし》食いた〜い。ぶあついステーキ食いた〜い」

よく響《ひび》く声で、手のふりもつく。足と同じように、手も長いから、いつでもオーバーリアクションだ。

生まれつきそういう性格《せいかく》らしいのだけれど、おじいちゃん……つまり、ママのお父さんは、それをすごくいやがる。「あいつと話していると、バカにされているような気がする」という。

けれど、ママと里菜はちがう。パパに、そんなふうになげかれると、なんとかしてあげたくて、ついあれこれ考えてしまう。

そのとき、両手にスーパーの袋《ふくろ》を持ったおばさんが通りかかった。

日本舞踊《にほんぶよう》の先生をしている里菜のおばあちゃんのお弟子《でし》さんだ。里菜も小さいときから習っているので、顔見知りだった。

「あら、里菜ちゃん！」

「あっ、こんにちは」

「里菜ちゃん、ちょっと会わないうちに大きくなったのね。お正月の市民センターでの発表会は、すばらしかったわよ。さすがは先生のお孫さんね」

「ありがとうございます」

里菜《りな》を見あげて、パパはぼんやりつぶやいている。

「パパも見たかったなー」

「パパったら」

里菜につつかれて、パパはあわてて立ちあがった。

「おばあちゃんのお弟子《でし》さんの鈴木《すずき》さんだよ」

紹介《しょうかい》すると、パパはにこやかにあいさつをした。

「お世話になっております。この春から、こっちで里菜たちとくらしています」

深々と頭をさげるパパにならんで、里菜ももう一度頭をさげた。

「あら、あら、ごていねいに。……そう、あなたがねえ」

鈴木さんは醤油《しょうゆ》やネギの入った重そうな袋《ふくろ》を持ったまま、パパを上から下まで見ると、にっこりとした。

「よかったわね、里菜ちゃん。新しいパパが、こんなにすてきな人で」

（えっ！）

里菜とパパは顔を見あわせた。

「あっ、いけない、トイレットペーパーを買うのをわすれちゃった！　今日《きょう》の目玉商品なのに。それじゃあ、失礼しますよ」

鈴木さんは、にぎやかに立ち去った。

「新しいパパ……か」

「ずっとパパなのにね」

「パパのせいだ。ごめんね、リーナ」

すわりこんで、パパは頭をかきむしる。

「平気だよ。なれてるもん」

すると、パパはますますしおれてしまった。

落ちこむパパを見て、里菜は思わずこんな提案《ていあん》をした。

「そうだ！　パパ、まんぷく食堂に行こう。ちょっと遠いけど、友だちの亜由美《あゆみ》ちゃんちのお店だよ。春から定食を五〇〇円に値下《ねさ》げしたんだって。ご飯はおかわり自由！」

それを聞いて、パパはにわかに元気を取りもどした。

「五〇〇円！　ポパイと同じじゃないか？　税込《ぜいこ》みか？」

「もちろんだよ」

「おー、リーナ、きみは天使だ！　さあ、行こう！」

パパは、長い手をふって、踊《おど》るように歩きだした。

「行こうって、パパ、まだ四時すぎたばかりだよ。それに、里菜《りな》、ランドセルのままま……」

「いいじゃないか保護者《ほごしゃ》つきだからな。パパはお昼にパン一個《こ》だけだったんだ。空腹《くうふく》で死にそうだよ。ああ、おかわり自由、最高！」

「あのね……、待ってよ」

どんどん、歩くパパ。

「パパったら」

ついに里菜は立ちどまってさけんだ。

「いいかげんにして！」

里菜は背中《せなか》の方向を指さした。

「まんぷく食堂は、そっちじゃないよ。こっち！」

ママがよくなげく。

「世の中に方向音痴《ほうこうおんち》の人はたくさんいるけど、どっちに行けばいいかも考えずに歩きだす人って、パパ以外にいないと思うわ」

それにしても、パパをしかるときの声がわれながら、ママにそっくりだなぁと、里菜は思った。

2 まんぷく食堂

まんぷく食堂は、三月まで里菜《りな》が住んでいたおじいちゃんの家から、歩いて一〇分もかからない。

「古い食堂なの。おじいちゃんは若《わか》いときから、よく行ってたんだって」

おじいちゃんと聞いて、はずんでいたパパの足がピタリと、とまった。

パパはおじいちゃんが苦手《にがて》だ。

三月にこの町に来たとき、パパはすぐにおじいちゃんの会社で働きはじめたけれど、失敗の連続だった。

「このチャランポランのスットコドッコイめ！」とどなられ続け、二週間で逃《に》げだした。

そのあと、つとめたのが飲食店のポパイだ。つまり、パパはひと月で二回も仕事をやめている。

里菜《りな》は動かなくなったパパの背中《せなか》を押《お》した。

「だいじょうぶだよ。おじいちゃんは日曜日しか、まんぷく食堂に来ないから」

休みの日の夕方に、昔なじみのあの店のカウンターで、お酒を飲むのが一番の楽しみだとおじいちゃんはいっていた。

里菜は保育園《ほいくえん》のころから、おじいちゃんに連れられて、よく、まんぷく食堂へ行った。

ご飯もおいしいし、お酒を飲むおじいちゃんを待つ間、ソフトクリームをなめながら、亜由美《あゆみ》の部屋で遊ぶのも楽しかった。

（そういえば、このごろ亜由美ちゃんと、遊んでいないな）

五年生からクラスが別々になってしまったし、パパとくらしはじめて、里菜はまんぷく食堂に来ることもなくなっている。

午後四時半、里菜とパパはまんぷく食堂に入った。

外はまだ明るくて、夕飯という感じではないのに店はけっこう混《こ》んでいた。一つ裏《うら》の通りにある飲食店街で、働く人たちだ。

夜の仕事の前に夕飯を食べに来るのだと聞いたことがある。

「いらっしゃい！」

のれんをくぐると、カウンターの中にいた亜由美のお父さんと目があった。

背《せ》が低く、カウンターにうずもれてしまいそうなおじさんは、伸《の》びあがってパパの後ろの里菜に声をかけてくれた。

「おっ、里菜ちゃん！　久《ひさ》しぶりだね」

パパは黒光りするカウンターや使いこんだ木のテーブル、たくさんのカレンダーをつるした壁《かべ》などをめずらしそうにながめている。

「おじさん、こんにちは」

里菜《りな》があいさつをすると、パパもあわてて、長い首をおりまげた。

そのとき顔を出したのは、おじさんの妹の和子《かずこ》さんだ。

「あら、里菜ちゃん、しばらく見ないうちに大きくなったわね」

忙《いそが》しいときに、よく店を手伝いに来ているので、里菜とも顔なじみだった。

「里菜ちゃん、お父さんとくらしているって？　よかったじゃない」

パパをチラチラ見ながら、二人をあいているテーブルに案内してくれた。

「はい。亜由美ちゃんちのご飯はおいしいから、パパと食べたいなって……」

「あら、うれしいこと。じゃあ、里菜ちゃんはいつものね」

そういわれて、はっとした。

いつもおじいちゃんにごちそうになっていたのは、県産短角牛《けんさんたんかくぎゅう》の焼き肉定食で、フルーツもついているこの店の最高級メニューだ。

里菜はあわてて、首を横にふった。

「ちがいます！　ちがうんです。あの、今日《きょう》はこれ……」

里菜は壁《かべ》にはられたメニューを指さした。「まんぷく定食　五〇〇円（税込《ぜいこ》み）‼

ご飯のおかわり自由」と筆字で大きく書かれている。

自分でも顔が赤くなるのがわかった。

（いつものように、ソフトクリームも出されたらどうしよう）

ここへ来てしまったことを、里菜は後悔《こうかい》していた。

「あいよ。まんぷく定食、二つだね」

カウンターの中で、おじさんが元気な声をあげて、パパに笑いかけた。

「うちの定番メニューですから、初めてのお客さんには、まずこれを食べていただかんと」

おじさんは気をつかってくれている。

「わっ、楽しみです！」

単純に喜ぶパパ。

パパはなにも気がついていない。里菜が恥《は》ずかしい思いをしたことも、おじさんがそっとカバーしてくれたことも……。

おじさんが奥《おく》に向かって声をかけた。

「おーい、亜由美《あゆみ》！　里菜《りな》ちゃんが来てるぞ」

亜由美がパタパタとかけて来た。


パパは、三陸産《さんりくさん》サケのおろしポン酢《ず》がけと、ワカメと菜の花のサラダで、ご飯をかきこんでいる。

「うまい！　ほんとうにうまいです！」

しきりにうまいをくり返すので、おじさんはニコニコ顔だ。

「おやじさん、こんなにうまいのに、なんで安いんですか？」

パパが質問《しつもん》すると、おじさんは眉間《みけん》にしわをよせた。

「しかたないね。ポパイだよ。ポパイ」

「はあ？　ポパイって、チェーン店の？」

「ああ、あの店ができてから、売り上げガッタリでね。めいわくだね、まったく」

おじさんは、うすい頭を手ぬぐいでふいた。

それを聞いたパパはいきなり、はしを持ったまま立ちあがった。

「気があいますね！　ぼくもあの店、大きらいです！」

醤油《しょうゆ》のついたはしをふりまわし、いまいましげにさけぶ。

（そりゃそうだよ。十日でクビになったんだもの）

でも、今、ママがバイトだけれど働いている店だから、里菜は複雑《ふくざつ》な心境《しんきょう》だ。

「だから、定食をしかたなく値下《ねさ》げしたんですよ。少しばかり遠くても、お客さんは安いところに行ってしまうからね」

おじさんがいうと、店のお客さんたちから、うれしそうな声があがった。

「おかげで、私《わたし》らはうれしいけどね」

「そうそう。助かるわぁ」

いいながら、不思議なおじさんがパパのとなりに割《わ》りこんできた。おじさんなのに、服装《ふくそう》も、言葉づかいも女みたいだ。

「ちょっと、あんた、さっきから見てるけど、見れば見るほど、いい男ねえ」

腰《こし》をくねらせ、パパの腕《うで》にからみつく。

反対側のいすには、厚化粧《あつげしょう》の太ったおばさんが、ドスンとすわった。

「ほんと！　このあたりじゃ見かけないイケメンねえ。今から、うちの店で飲んでいかない？」

さっきのおじさんも、パパの腕《うで》を引っぱる。

「あらダメ。うちが先よ」

パパはきっぱり断《ことわ》った。

「せっかくですが、遠慮《えんりょ》します」

すがすがしい返事……と安心したのもつかの間、とんでもないことをつけ加えてしまった。

「ぼく、お金ないんです」

（パパ、やめて！　そんなことといわないで）

足をけって、必死に合図をしても、パパは気づかない。

「あーら、だいじょうぶよ。イケメンさんには、大サービスしちゃう」

「うちだってお安くするわ」

まんぷく定食
五〇〇円!!
(税込み)
ご飯のおかわり自由

おばさんたちは、なかなかしつこい。

パパは首をぶんぶん横にふると、亜由美《あゆみ》の目の前でいってしまった。

「ぼく、所持金、一〇〇〇円、ぽっきりなもんで……」

里菜《りな》はあわてた。

「今、失業中なんです」

パパはそんなことまでいってしまった。

(パパのバカ!)

顔がほてる。亜由美の顔をそっと見た。

亜由美はちょっと困《こま》った様子で、テレビに視線《しせん》を移《うつ》した。

恥《は》ずかしくて、逃《に》げて帰りたかった。

けれど、お客さんたちはまったくおどろいた様子がない。

「あら、そうだったの」

「ねえ、どんな仕事をさがしているの?」

「今まで、なにをしていたの?」

たて続けに質問《しつもん》をあびせる。

「ええと、……その……舞台《ぶたい》に……」

「あれえ、俳優《はいゆう》だったの？」

店中の目が、パパに集中した。

「どこの舞台？」

「ええと、ひかり座《ざ》とか……」

「えっ！　東京《とうきょう》の？」

「それ、西島四郎《にしじましろう》が座長《ざちょう》公演《こうえん》していた有名な劇場《げきじょう》よね？」

「といっても、ぼくは脇役《わきやく》ばっかりです」

「でも、すごいわぁ」

「ちょっと、あんた、うちで働いて！　マスターに紹介《しょうかい》するわ」

刑事《けいじ》さんにつかまったどろぼうのように、左右から腕《うで》を押《お》えられて立ちあがったパパは、テーブルの上にぶらさがっている蛍光灯《けいこうとう》に頭をぶつけてしまった。

古い蛍光灯がゆれて、ほこりが雪のようにテーブルの上に落ちて来た。

このとき、里菜《りな》は気がついた。

そういえば、店の中がいつもとちがう。

いつもはきっちりそうじがゆきとどいているのに、今日《きょう》は本箱の雑誌《ざっし》がごちゃごちゃに押《お》しこまれている。テーブルの上の一輪ざしに花もなかった。

そして、亜由美《あゆみ》のお母さんの姿《すがた》が見えない。

おじさんが手にソフトクリームを二つ持って、カウンターの中から、手まねきをした。

「里菜ちゃん、奥《おく》で亜由美と食べておいで」

里菜がはっとすると、おじさんはすぐにつけ加えた。

「ソフトクリームは、おじさんのおごりだ。ほら、亜由美がこの前、教科書を貸《か》してもらったそうじゃないか。いつも世話になって悪いね」

気づかいがうれしくて、里菜はすなおに頭をさげた。

「おじさん、ありがとう。いただきます」

パパは、おばさんたちに囲まれながら、のんきなことをいう。

「よかったな、里菜。人には親切にするもんだね」

むかついた。

たしかに、里菜はとなりのクラスの亜由美に算数の教科書を貸してあげた。けれど、亜由美からは、もっとたくさん借りている。

習字道具に三角定規《さんかくじょうぎ》……。青空弁当《あおぞらべんとう》の日には、お弁当《べんとう》をわけてもらった。

あの日、早番《はやばん》だったママは里菜のためにお弁当をつくっておいてくれたのに、パパが自分のものだと思って、ハローワークに持って行ってしまったのだ。

(イチゴ模様《もよう》のお弁当箱なのに、どうして気がつかないんだろう!)

お昼の時間に一人でブランコにすわっていたら、亜由美が来て、おじさんのつくったおにぎりと牛肉コロッケをわけてくれた。

パパにも、そのことを話したのに、すっかりわすれていて、お礼もいわない。

里菜は改めて思った。

亜由美と里菜は同じ五年生なのに、里菜のパパと、おじさんは親子といっていいほど、貫禄《かんろく》がちがう。パパは里菜より子どもみたいだ。

カウンターの上で、たった今、焼きあがったばかりのぶあつい卵焼《たまごや》きが湯気をあげている。

（おじさんは、あのどっしりした厚焼《あつや》き卵《たまご》みたいだな）

だしの味がいっぱいつまっているって感じ。

そして、パパは……。

里菜《りな》はテーブルに置かれていたサービス用のふりかけのびんを手に取った。

このびんの中に入っているかんそう卵だ。色はきれいでも、パラパラしていて味けない……。

どうしようもないイライラがこみあげた。

おじいちゃんがいうとおりだ！

パパは、軽すぎる。

子どもみたいだ。

なにも考えない。

パパなんか、大きらい！

3 うわさ

奥《おく》の部屋でソフトクリームをひと口なめて、里菜《りな》は大きなため息をついた。

「あー、恥《は》ずかしかった」

と、里菜がいおうとした言葉を、先にいったのは亜由美《あゆみ》だった。

「えっ?」

亜由美は、とけだしたソフトクリームもなめずに、うつむいている。

「えっ? なにが? どうしたの?」

里菜は亜由美の顔をのぞきこんだ。

「だって、お父さんったら……。恥ずかしいよ」

わけがわからない。

「里菜ちゃんのパパって、あんなに若《わか》くてかっこいいんだもん。うちのお父さんとくらべると、まるで親子みたい。お父さん、もう四十五歳《さい》だし、髪《かみ》はうすいし、背《せ》なんか、里菜《りな》ちゃんのパパの胸《むね》までしかなかったよ」

「そんなの関係ないよ」

けれど、亜由美《あゆみ》の言葉はとまらない。

「それにさ、里菜ちゃんのパパ、東京《とうきょう》の人でしょう？　こんな古ぼけた店、見たことないよね」

「そんなことないったら！　恥《は》ずかしかったのは、こっちだもん」

亜由美がおどろいたように里菜を見た。

「信じられない！　なんで里菜ちゃんが恥ずかしいわけ？　あんなにかっこいいパパなのに？」

亜由美の顔は本気だ。

「だって、うちのパパは子どもみたいだし、みんなの前で、お金ないとか、……失業中とか……」

「そっかぁ」

亜由美も少しは、納得《なっとく》したらしい。それでもテーブルにひじをつき、目を細めた。

「でも、さわやかだよ。かくしごとなし、って感じ。里菜ちゃんのパパがいうと、なんでもさわやか」

「そんな！」

里菜はふくれた。

「ふふふっ……」

亜由美がふきだした。

「あはは……」

ついに里菜も笑った。

やっぱり、亜由美は一番の友だちだ。今日《きょう》、ここに来て、よかったと里菜は思った。

気がつくと、亜由美のソフトクリームがそでまで、たれていた。

「たいへん！　ふきんもらって来るね」

里菜は厨房《ちゅうぼう》に向かった。

厨房の和子《かずこ》さんに、声をかけようとしたときだった。

「ねえ、あのイケメン、何者なの？」

中から、ヒソヒソ声が聞こえてきた。そっとのぞくと、さっき店でパパの腕《うで》を取っていたおばさんが厨房《ちゅうぼう》に入りこんでいた。

「俳優《はいゆう》だったたって、ほんとう？」

こたえる和子《かずこ》さんも声をひそめる。

「そうなのよ。ほら、よく日曜日の夕方にカウンターでお酒飲んでる高田《たかだ》社長、知ってる？」

「もちろんよ。不動産屋さんでしょう？」

おじいちゃんのやっている不動産会社は、マンションや家や土地を売ったり、買ったり、紹介《しょうかい》したりするのが仕事だ。

「そうそう、その社長の娘《むすめ》は真貴《まき》ちゃんっていうんだけどね……」

ママのことだ。

里菜《りな》は厨房の前で、たたずんでいた。

「小さいときからとても賢《かしこ》い子で、高田さんの自慢《じまん》の娘さんだったたわ。東京《とうきょう》の大学に進学したけど、卒業したらこっちに帰る約束だったみたいよ。高田さん、それを楽しみにしていたわ。もどったら、よいお婿《むこ》さんをさがしてやるんだっていってたのよ」

「へえー」

「それなのに、卒業前にあのイケメンさんと結婚《けっこん》しちゃって……」

「まあー」

「結局、こっちにもどらず、卒業して間もなくあの子を生んだの」

里菜のことだ。

パパとママは大学生のときに結婚をしたことをいつも楽しそうに話している。だから、里菜はそれを恥《は》ずかしいと思ったことは一度もない。

それを、こんなふうにひそひそといわれるのはいやだった。

おばさんたちの会話は続く。

「まあー、それは社長さん、そうとうショックだったわね」

「そりゃあ、そうよ」

（ショック？）

里菜《りな》が生まれたことが、おじいちゃんを悲しませた……。

（うそだ！）

おじいちゃんは、里菜のことをだれより大切だといってくれる。

（いいかげんなことをいわないで！）

大声でさけびたい気持ちを、里菜はやっとおさえていた。

「高田《たかだ》社長は苦労人でね。一人であそこまで会社を大きくしたの。たいへんな努力家なのよ。ところが、その娘《むすめ》の選んだ男は、あのとおりのチャランポラン」

パパのことだ。

「しかも、あの子が生まれたとき、あの男は大学の単位が取れなくて、まだ卒業もできていなかったそうよ。食べていけなくなったんでしょう。真貴《まき》ちゃんは、赤ん坊《あかんぼう》の里菜ちゃんを連れて実家にもどったのよ」

「まあ……」

「そのとき、イケメンさんは高田社長と約束したそうよ。俳優《はいゆう》として食べていけるようになったら、すぐに真貴ちゃんと里菜ちゃんをむかえに来るって。……それから、なんと十年」

「しょうもない男につかまったものね」

と舌《した》を鳴らしている。

（さっきは、パパのこと、いい男だと、いってたくせに！）

うわさ話はまだ続いた。

「なるほど。そして、ついに俳優になるのをあきらめて、こっちに来たというわけね」

「しかたないわねー」

（あきらめて……、しかたない……）

なぜか、その言葉が一番、里菜の胸《むね》につきささった。

（パパは夢《ゆめ》をあきらめて、しかたなく里菜とママのところに来たのだろうか……）

学校の帰り道、ハルカに、『里菜ちゃんのパパ、俳優さんみたい』といわれたとき、
ほんの一瞬《いっしゅん》見てしまったパパのさみしそうな横顔が思いだされた。


里菜は、亜由美《あゆみ》の部屋にもどった。

亜由美《あゆみ》は、自分のハンカチでソフトクリームをふいていた。

「どうかしたの、里菜《りな》ちゃん？」

手ぶらでもどった里菜を不思議そうに見ている。

「和子《かずこ》さん、いなかった。トイレかも」

うそをついた。

里菜が生まれて、おじいちゃんはそうとうショック……。

パパは夢《ゆめ》をあきらめて、しかたなく岩手《いわて》に……。

そんな言葉が、胸《むね》をしめつける。ここにいたら、亜由美の前で泣きだしてしまいそうだ。

「……私《わたし》、もう家に帰るね。ママの仕事がそろそろ終わる時間だから」

里菜が食堂にもどると、パパはまだお客さんたちに囲まれていた。

「じゃあ、あんたなの？　高田《たかだ》社長が口ぐせのようにいってる『スットコドッコイ』って」

女みたいなおじさんが聞いている。

「そう、ぼくです。ぼく」

パパは自分の高い鼻を指さした。

「まちがいありません。正確《せいかく》には、『チャランポランのスットコドッコイ』です」

「あー」

と、みんなが手を打った。

「じゃあ、あれね？　安いアパートをさがしに来た学生を、まちがえて高級マンションに連れて行って……」

パパが立ちあがり、身ぶり手ぶり説明する。

「そうなんです。アパートの安い金額《きんがく》で契約《けいやく》しそうになちゃって……」

「あらー、それはやばいわねえ」

といいながら、お客さんたちはずいぶん楽しそうだ。

「それは、まだいい方で……」

「ふんふん」

みんなは身を乗りだして聞いている。

「新築《しんちく》マンションの見学会に、お客さんたちを車で案内していたんです。ところが、ぼく、ちょっとだけ方向音痴《ほうこうおんち》なもんで、ライバル会社のマンションで降《お》ろしてしまって……」

「えーっ！」

「運が悪かったんですよ。近くで同じような見学会をやっているとはね。お客さん、みんなそっちに、取られちゃって」

「うわー」と声があがる。

「そりゃあ、あんまりひどいわ」

「大損害《だいそんがい》よね」

「社長にどなられたでしょう？」

続いて、みんなが声をそろえた。

「このチャランポランのスットコドッコイ！」

「きゃー！」

拍手《はくしゅ》まで起こって、すごい盛《も》りあがりだ。

（バカみたい！）

あのとき、おじいちゃんはほんとうに困《こま》っていた。失敗はしかたがないけれど、笑い話にしなくたっていいのに。

（やっぱりパパなんか、大きらい！）

里菜《りな》は、まんぷく食堂を飛びだした。

外の風は冷たかった。

日中は温かくても、日が落ちると、岩手《いわて》の四月はまだ寒い。

「リーナ！　待てよ。ぼくのリーナ！」

後ろから、パパが追いかけてくる。

城跡《しろあと》の公園近くで、パパに追いつかれた。

提灯《ちょうちん》がともされた石垣《いしがき》の上の公園は、満開のサクラがピンク色に燃《も》えているように見える。

「リーナ、ちょっと公園によって行こう」

パパが里菜《りな》の手を取った。

「ママにしかられたって、知らないから！」

「はい、はい」

歩きながら携帯電話《けいたいでんわ》でだれかにメールを送っていたパパが、突然《とつぜん》いった。

「リーナ、花束をつくるぞ」

パパは坂道の途中《とちゅう》で黄色いヤマブキや、白いユキヤナギをつみはじめた。

「公園の花をつんだら、しかられるよ」

「雑草《ざっそう》みたいだから、だいじょうぶだろう」

よくわからないけれど、みんなサクラに夢中《むちゅう》で、ヤマブキなんか見る人はいない。

里菜は足元に紫色《むらさきいろ》の小さな花を見つけた。

「あっ、スミレだ」

「おー、いいねえ。青いスミレの花言葉は、『ひそかな愛』っていうんだよ」

気どっていうと、パパはスミレも数本ぬいて胸《むね》にさし、満足そうにうなずいている。

つんだ花をクローバーの茎《くき》で、ぐるぐる巻《ま》きにして、パパはまた歩きだした。

「どこに行くの？　そっちにサクラはないよ」

パパが向かったのは、野外ステージだった。

だれもいないと思ったステージの下で、人かげが動いた。

「だれかいる！」

里菜は、パパの背中《せなか》にかくれた。

それでもパパは、足をとめない。ステージに近づき、両手をついて、ピョーンと飛び乗り、里菜の手を引っぱった。

それから、下の人にも手をさしだす。

あがってきたのは、なんとママだった。

「なによ、こんなところによびだして。急用かと思って途中で残業を断《ことわ》ってきたのよ」

ご機嫌《きげん》ななめな声だ。

「それに、里菜はまだランドセルのままじゃない」

「だって、パパが……」

「だってじゃないわ」

パパはそんなママをなだめて、ステージの真ん中に立たせ、そのわきに里菜《りな》もならばせた。

「二人とも機嫌《きげん》をなおして。ほら、あのみごとなサクラを三人で見たかったんだよ。それに……」

ジーパン姿《すがた》のママに、パパはさっきの花束をさしだした。

「真貴《まき》、結婚記念日《けっこんきねんび》おめでとう！」

「えっ？」

里菜と、ママは同時に声をあげた。

「さっき思いだしたんだ。今日《きょう》は、ぼくらがみんなに結婚の宣言《せんげん》をした日じゃないか！」

「あっ」

ママは、やっと思いだしたように、口に手をあてている。

「真貴、こんなぼくをずっとささえてくれてありがとう」

パパはママのみだれた前髪《まえがみ》をなおしてあげながら、やさしくいった。

ママはぼんやり、つっ立ったままだ。

「ずいぶん長い間、待たせてしまったね」

と、パパは涙声《なみだごえ》になっている。

「リーナも、今までさみしい思いをさせてごめんね」

パパは、今度は里菜《りな》の頭に、さっきのスミレの花をかざってくれた。

「これからは、ずっと三人いっしょだよ」

パパはステージの上で、ママと里菜を抱《だ》きしめた。

ママが、「うっ、うっ……」と声をあげて泣きだした。

4 親友

それから一週間、パパとママは里菜《りな》があきれるほど、べたべたの仲よしだった。

学校の休み時間、ろうかで里菜は、亜由美《あゆみ》にあの晩《ばん》のことを話していた。

「そのあとがたいへんだったよ」

里菜は声をひそめる。

「野外ステージの上で、パパがママの手をとって、ワルツだもの」

「きゃあー」

亜由美が胸《むね》の前でにぎりこぶしをあわせて、目をほそめた。

「恥《は》ずかしくて、こんなこと亜由美以外にはいえないよ」

「そんなことないよ、里菜。いいなあー」

亜由美はほんとうにうらやましそうな顔をした。

二人は、いつの間にか、「亜由美」「里菜」とよびあうようになっている。

「里菜のパパはダンスもうまそうだね」

「うん、ダンスなら、なんでもじょうず。タップも、うまいよ。こうやって……」

里菜はパパのまねをして、タカタカと足をならした。

「わー！　里菜、すごい」

亜由美《あゆみ》が手をたたく。

「里菜《りな》は、おばあちゃんに習っている日本舞踊《にほんぶよう》だけじゃなくて、そんなこともできるんだ」

「少しだけだよ。パパが教えてくれたの」

「すごいよ。里菜は声もいいし、アイドルになればいいのに」

亜由美がいってくれた。

「無理だよ。ハルカちゃんみたいにかわいくないもん」

「そんなことない。里菜はパパに似《に》て顔のほりが深いから、大人になったら、美人になると思うよ」

アイドルになりたいとは思わないけれど、小さいときからパパの舞台《ぶたい》で見てきた女優《じょゆう》にはちょっとあこがれている。

だから、亜由美の言葉はうれしかった。

「ありがとう。……それでね、パパったら、野外ステージで、踊《おど》りながら大きな声で歌いだしたの。気がついたら、まわりに人が集まっていて、もう恥《は》ずかしかったよ。

ママが逃《に》げだして、パパと私《わたし》が追いかけて……。それから、お花見したの」

「里菜はいいな」

亜由美がしみじみいう。

「ぜんぜん、よくないよ。結婚記念日《けっこんきねんび》なのに、ごちそうがなにもないんだもん。ママがポパイからもらってきた残り物のフランクフルトが一本だけ。それを三人で、交代でかじったの。花束なんて、雑草《ざっそう》だし」

こんなことも、亜由美には平気で話せるようになっていた。「だれにもいわないでね」なんて、口どめしなくてもだいじょうぶなのがうれしい。

ケラケラ笑って里菜の話を聞いていた亜由美が、突然《とつぜん》つぶやいた。

「……私、家族でお花見したことないんだ」

「えっ？　ほんと？」

普通《ふつう》にお父さんといっしょにくらしている子は、毎年お花見をしたり、海へ行ったりしているのだろうと里菜は思っていた。

「ねえ、里菜……」

うつむいていた亜由美《あゆみ》が、おかしなことを聞いた。

「里菜《りな》のパパは、ママに『愛してる』とかいう？」

「えー？　そんなこと……」

五年生にもなって、まじめな顔でそんなことを聞く亜由美がおかしかった。

里菜は周囲を見まわしてから、もう一度、声をひそめた。

「そんなこと……、毎日だよ。休みの日なんか、朝から晩《ばん》までパパは『真貴《まき》、愛してるよ〜』って、アパート中に聞こえる大きな声でいうから、ほんとに恥《は》ずかしいよ」

「ふーん」

ふきだすかと思ったのに、亜由美はまじめな顔で考えこんでしまった。

「えっ、亜由美、どうしたの？」

「うちのお母さんね、そんなことお父さんに、ぜんぜんいってもらったことがないんだって。一度もだよ」

「ほんと？」

「うん。お花見にも、温泉《おんせん》にも連れて行ってもらったことがないし、誕生日《たんじょうび》のプレゼントもらったことがないんだって」

おどろいた。里菜のママなら、誕生日をわすれられたら、たいへんなことになるだろう。

「だから……」

亜由美がくちびるをかんだ。

「……だから、出て行っちゃった」

「えっ！　出て？　おばさんが？」

思いがけないことだった。

「お正月のあと、友だちの家に行ったまんま、もどらない」

「そんな……」

里菜にもいつもやさしくしてくれたおばさんが、亜由美をおいて、出て行くなんて信じられない。里菜はパパがこっちへ来たり、アパートへ引《ひ》っ越《こ》したりしてバタバタしていたので、そんなことになにも気がついていなかった。

おじさんがつくったという弁当《べんとう》をわけてもらったときも、不思議には思わなかった。

おじさんは店で料理をしているから、弁当《べんとう》をつくってくれたのも、あたり前のような気がしていた。

亜由美《あゆみ》は、窓《まど》の外の半分以上花を落としたサクラの木を見て、つぶやいた。

「里菜《りな》のパパのように、花束をくれたり、ダンスをしたり、そんなお父さんだったらなー」

（そんなことはない。おじさんのいいところはたくさんある）

そう伝えたいけれど、ちょうどいい言葉が見つからない。

「……それからずっとお母さんに会ってないの？」

「そんなことないよ。お母さん、何度も、むかえに来たの。でも私《わたし》、行かない」

亜由美はふり返って、里菜をまっすぐに見た。

「そしたら、……終わりだもん」

「終わり？」

真剣《しんけん》な目だった。

「死守《ししゅ》してるんだ」

「死守？」

「そう、必死で、守ってる。……うちのお父さんはね、私のほんとうのお父さんじゃない。私が保育園《ほいくえん》のとき、お母さんが私を連れて、お父さんと結婚《けっこん》したの」

「えっ？」

思いがけない言葉に、どうあいづちをうったらいいかわからなかった。

「今、私が家を出たら、終わり。もう家族にもどれないと思う。そんなの絶対《ぜったい》にいや。……かっこいい里菜のパパとは大ちがいだけど、私、お父さん大好きだもん」

「うん。私も！　私も、おじさん大好き。ほんとうに大好きだよ」

そんなことしかいえなかったけれど、亜由美は少しだけ笑顔になった。

「ありがとう、里菜。……私のお母さん、この前、むかえに来たとき、こんなことをいったの。『お父さんはいい人だから、困《こま》っていたお母さんを助けてくれただけなの。私のこと、好きでもなんでもないのよ』って。里菜、どう思う？」

「そんなことない！　絶対ないよ！　私のおじいちゃんも、亜由美のお父さんとお母さんのこと、とってもいい夫婦《ふうふ》だって、いってたもん」

「うん、私《わたし》もそう思う！」

亜由美《あゆみ》は宣言《せんげん》した。

「私、もう一度、お父さんとお母さんと三人でくらしたい。それしか、考えられない。だから、がんばる」

「うん！　死守《ししゅ》だよ！　亜由美、絶対死守《ぜったいししゅ》！　私、応援《おうえん》する」

「ありがとう。……里菜に話してよかった」

ほんとうは、心細くて、何度もお母さんのところへ行こうと思ったと、亜由美は初めて涙《なみだ》を見せた。

5　パパの仕事

パパの仕事はあいかわらず見つからないまま、五月の連休もすぎた。

電話が鳴ったのは、いつものように里菜《りな》とパパが夕飯をつくっているときだった。

「はいっ、はいっ。すぐに！」

おじぎまでして、受話器を置いたパパの顔は青ざめていた。

「パパ、どうかしたの？」

「……今すぐ、まんぷく食堂まで来いって」

「だれ？　亜由美《あゆみ》のお父さん？」

パパは不安げに、首を横にふる。

「社長……」

「えっ！　おじいちゃん？」

それはちょっとした事件だ。

おじいちゃんは、東京《とうきょう》にいたパパに突然《とつぜん》電話をかけ、「いつまで真貴《まき》と里菜を放っておく気だ！　里菜はもうすぐ五年生だぞ。これ以上、待たせることは、絶対に許《ゆる》さん！」と、すごい剣幕《けんまく》でしかかった。

パパは、あと三か月だけ待ってくださいと、頼《たの》んだらしい。

「二年という約束をしながら、十年もほったらかして、なにがあと三か月だ！　すぐに、こっちに来なければ、そっこく離婚《りこん》させる！　真貴《まき》には縁談《えんだん》だってあるんだ。わかったな！」

いつもはやさしいおじいちゃんが、あのとき、鬼《おに》のような顔をしていて、とても恐《こわ》かった。

ママが残業で留守《るす》だったので、里菜《りな》はとなりの部屋でふるえていた。

でも、そのおかげで、今、里菜は貧乏《びんぼう》だけれど幸せだ。やっぱり、おじいちゃんは里菜とママを幸せにしてくれるために、あのとき、鬼になったのだと思う。

数日後に東京《とうきょう》からすっとんできたパパは、おじいちゃんの会社で働くことになった。

「無理、無理。そんなの絶対《ぜったい》無理！」

ママがいったとおり、パパがそんな仕事をできるわけがなく、二週間でおじいちゃんの会社を逃《に》げだした。

二人が会うのはそれ以来だから、ただごとではない。

パパは、なさけない顔で里菜を見た。

「また、しかられるな。『真貴にばっかり働かせて、いつまでのらくらしている！』って。リーナ、どうしよう」

まるで、いたずらをして職員室《しょくいんしつ》によびだされた男の子のような目で、パパは里菜を見た。里菜についいて来てもらいたいのだ。


でも、里菜は行かないよ。……おじいちゃんとパパのけんかは見たくない。

「そっか……、わかった。よびだされたのはパパだもんな」

弱々しくいって、パパはしぶしぶくつをはいた。

いつも出かけるときにするオーバーリアクションもなかった。


「なんでよ！」

仕事から帰ってきたママは、さけんだ。

「里菜がついていながら、パパを一人でおじいちゃんのところにやるなんて！　里菜、保護者失格《ほごしゃしっかく》！」

「ママ、ごめんなさい」

ママは、パーマの伸《の》びきった髪《かみ》をライオンみたいにゆらして、せまい部屋を歩きまわる。

「信介《しんすけ》、だいじょうぶかなー」

ママは、ほんとうはけっこう美人なのに、あんまりおしゃれをしない。今も、里菜《りな》が保育園《ほいくえん》のときから着ているTシャツにジーパンだ。髪の毛をヘアピンでとめて、口紅《くちべに》をつけただけでも、かわいくなると思うのに、おかまいなし。

ママは、おじいちゃんに助けてもらわず、自分が働いてやっていこうと必死なんだ。今までだって、おじいちゃんの会社では絶対《ぜったい》に働こうとしないママのことを、「どこまでいじっぱりなんだか。そんなところが、おじいちゃんにそっくりだよ」と、おばあちゃんがあきれていた。

「あー、もうじっとしていられない！　里菜、先にご飯、食べてて！」

ママはアパートを飛びだした。

まんぷく食堂ではどんなことになっているのだろうと、里菜は考えた。

おじいちゃんは、ママと里菜のことになると鬼《おに》になる。

「家族を粗末《そまつ》にする男は許《ゆる》さん！」

と激怒《げきど》する。

おじいちゃんが、テーブルをひっくり返していたら、どうしよう。パパはたんこぶをつくって、伸びているかもしれない。

一番よくないことが頭をよぎった。

「仕事も見つけられない男など、真貴《まき》の夫とはみとめん！」

と、どなられて、パパはもう新幹線《しんかんせん》の中……。

（パパがまたいなくなる。そして里菜はおじいちゃんの選んだ新しいパパとくらすことになる。……ああ、そんなの絶対無理）

想像《そうぞう》していたら悲しくなって、テーブルにつっぷして泣いてしまった。

「ほら、信介、しっかり！」

外からママの声が聞こえて、ソファーで寝《ね》ていた里菜は起きあがった。

（パパが帰って来た！）

「真貴《まき》、愛してるよ〜！」

階段《かいだん》の途中《とちゅう》でパパがさけんでいる。

アパートにも、ずっと向こうの家にまで、つつぬけだ。声のトーンもいつもとちがう。

（パパ、酔《よ》ってる？）

となりの部屋の人が、迷惑《めいわく》そうにドンドンと壁《かべ》をたたいている。時計を見たら、もう真夜中だった。

里菜《りな》が開けたドアから、パパとママがなだれこんで来た。

「リーナ、ただいま！　パパの就職《しゅうしょく》、決まったぞー。それから、パパは舞台《ぶたい》に立つんだ……」

パパはべろべろに酔っぱらっている。

「どういうこと？」

「里菜、とにかく近所迷惑だから、ドアを閉《し》めるのが先よ」

ここまで連れて来るのもたいへんだったらしい。ママはゼイゼイあえいでいる。

ドアを閉めたくても、パパの長い足がじゃまをした。ママがパパの両肩《りょうかた》をひっぱり、里菜が両足を無理におりたたんで、なんとかドアは閉まった。

パパを玄関《げんかん》ホール兼《けん》キッチンの板の間にころがしたまま、ママは冷蔵庫《れいぞうこ》から缶《かん》ビールを取りだした。

「ねえ、就職とか、舞台ってどういうこと？」

ママはキッチンのテーブルでビールを飲みながら、ぶっきらぼうに答えた。

「仕事はまんぷく食堂。それから、パパが来月の市民劇場《しみんげきじょう》に出ることになりました」

やけっぱちになっているようないい方だった。

「えっ、市民劇場？」

ハルカたち、ジュニアミュージカルクラブの子たちも、出演《しゅつえん》する舞台だ。

ここ森花市《もりはなし》では、町おこしで市民劇場に力を入れている。中心になっているのは、市の青年会議所で、会社や商店の跡取《あとと》りの若《わか》い人たちが多い。

素人演劇《しろうとえんげき》だけれど、一〇〇〇人以上も入れる大ホールでの上演《じょうえん》だ。オープニングには市長も来て、あいさつをする。

「主役に決まっていた人が、怪我《けが》をしたんだって。本番まで、ひと月もないから、まったくの素人《しろうと》じゃ、つとまらないでしょう」

「じゃあ、パパ主役なの？」

ビールを、グビッと飲んで、ママは里菜《りな》をにらんだ。

「あったり前よ！　パパが市民劇場《しみんげきじょう》の脇役《わきやく》なんか、引き受けるわけないでしょう！」

ママはプンとふくれた。

「演出《えんしゅつ》の小林《こばやし》さんという人が、まんぷく食堂のお客さんからパパのうわさを聞いたらしいの。それで、おじいちゃんにパパに会わせてくれってお願いしたんだって」

おじいちゃんはもちろん反対だったそうだ。

「だけど、取引先の人だから、断《ことわ》れなかったのね。会わせるだけは会わせると約束して、まんぷく食堂によびだしたのよ」

「仕事も定まらないうちに、また演劇《えんげき》などにうつつをぬかされたら……」とブツブツいうおじいちゃんを見かねて、まんぷく食堂のおじさんが、アルバイトに使ってくれるといいだしたそうだ。

「和子《かずこ》さんは孫の世話があるから、これ以上店の手伝いはできないんだって」

事情《じじょう》はわかったけれど、なんだか心配だ。パパはまんぷく食堂にも迷惑《めいわく》をかけるに決まっている。

「信介《しんすけ》ったら、おじいちゃんがいる間は、カチンコチンにかたまっていたのよ」

でも、話が決まって、おじいちゃんが帰ったとたんに元気になったそうだ。

「小林さんとすっかり意気投合しちゃったの。演劇の話に熱くなってね。『山口《やまぐち》さんってすごい人ですね。尊敬《そんけい》します』なんていわれちゃって。……でも、まんざら、おせじでもないと思うけど」

ここで、ママの口元がちょっぴり笑った。

「おれたち、みんな素人ですから、ぜひ、演出にも力を貸《か》してくださいって、頭をさげられ、握手《あくしゅ》なんかしていたわ。……で、飲んで、盛《も》りあがって、このとおりよ」

伸《の》びているパパを指さして、ママはだまりこんだ。

「どうかしたの？」

「なんでもない」

ぶっきらぼうにいう。

「ねえ、どんな役？」

「知らない」

パパの仕事もとりあえず決まって、市民劇場《しみんげきじょう》の主役をすることになったというのに、ママはやっぱり不機嫌《ふきげん》そうに、二本目のビールをあけた。


パパの生活は一変した。

お昼は二時まで、夕方は四時から七時まで、まんぷく食堂で働く。そのあとは自転車で市民センターに急行し、劇《げき》の練習だ。

あき時間を利用して、宣伝《せんでん》カーで近隣《きんりん》市町村をかけめぐる。

パパはすごかった。女性《じょせい》の集団を見ると、車を降《お》りて、握手《あくしゅ》をし、笑顔をふりまく。デパートへも、老人施設《ろうじんしせつ》へも、どこへでも出かけた。

一番おどろいたのは、パパの顔写真入りポスターが町中にバンバンはられたこと。

パパの役は藤原清衡《ふじわらのきよひら》。平安時代《へいあんじだい》の終わりごろ、今の岩手県《いわてけん》の平泉《ひらいずみ》を中心に、東北《とうほく》をおさめた人だそうだ。

里菜《りな》はおじいちゃんに連れられて、清衡がつくった中尊寺《ちゅうそんじ》の金色堂《こんじきどう》という黄金《おうごん》のお堂に行ったことがある。

車を降りて、中尊寺への長い坂道を登って行く途中《とちゅう》、おじいちゃんは見晴らしのいいところで足をとめた。

「向こうに連なるなだらかな山々に、豊かな水をたたえた北上川《きたかみがわ》と、ゆるやかにひろがる大地。まさに極楽浄土《ごくらくじょうど》のようなながめではないか」

里菜には極楽浄土とはどんなところかわからないけれど、とてもおだやかな景色だと思った。

「戦《いくさ》の続く世に生まれ、つらい思いをして育った清衡は、ここで平和な世が続くようにと、祈《いの》り続けたんだ」

と、おじいちゃんは話してくれた。

平安時代の衣装《いしょう》に身を包んだパパのポスターは、どうしようもないほどかっこよかった。

自慢《じまん》の左斜《ひだりなな》め四十五度の角度からの写真は、人気俳優《はいゆう》顔負けだと、おじいちゃんさえ、うならせた。

おかげで、里菜《りな》も学校で有名人になってしまった。

「里菜ちゃん、パパを紹介《しょうかい》して」

「お母さんに頼《たの》まれたの。パパのサインをもらってきて」

などと頼まれることもある。

まんぷく食堂のおじさんと亜由美《あゆみ》は、店の壁《かべ》からたくさんのカレンダーをはずして、かわりにパパのポスターを一面にはりつけた。

小林《こばやし》さんたち演劇関係者《えんげきかんけいしゃ》や、パパを見ようとする女性客《じょせいきゃく》も食事に来るようになったから、それなりにパパはお店の役に立っているのかもしれない。

「でも、仕事には、まったく役に立たないはずよ」

ママはポパイのバイトをやめて、今度は夕方や会社の休みの日に、まんぷく食堂を手伝うようになっている。

6

市民劇場《しみんげきじょう》

市民劇場の一週間前の土曜日、パパは朝から、市民センターへ出かけていた。

里菜《りな》は亜由美《あゆみ》と約束があったので、まんぷく食堂に来ている。ママもお昼時間、食堂を手伝っていた。

そこへやって来たのはおじいちゃんだ。

「あら、お父さん、こんな時間に、めずらしいわね」

ママが声をかけている。

「ばあさんがいないから、昼飯を食いに来たんだ」

おばあちゃんは、お弟子《でし》さんたちと食事にでも出かけたのだろう。

おじいちゃんは店の中を見まわしている。

「ところでチャランポランのやつはどこに行った？　つとめが休みの真貴《まき》にここで働かせて、自分は家で寝《ね》てんのか？」

いすに腰《こし》かけるなり、小言《こごと》をいっている。

「ちがうわよ。今日《きょう》は朝から、劇《げき》のリハーサルなの」

おじいちゃんは苦虫《にがむし》をかみつぶしたような顔をした。

「小林《こばやし》君に頼《たの》まれて、しかたなく紹介《しょうかい》はしたが、あいつに主役なんかつとまるのか？せっかくの市民劇場《しみんげきじょう》をぶちこわすんじゃないかと、おれは心配で夜も眠《ねむ》れん」

「それはないわよ。失礼ね。信介《しんすけ》は、あれでもプロよ。プロの俳優《はいゆう》なの！」

とママがやり返す。カウンターごしの親子げんかがはじまった。


里菜《りな》と亜由美《あゆみ》は、お昼を食べたら市民センターへパパのリハーサルを見に行く約束をしていた。

けれど、外へ出ようとしたとき、雨が降《ふ》りだした。もう梅雨《つゆ》に入ったらしい。

「自転車で行こうと思ったのに」

困《こま》っていると、ママがおじいちゃんに頼みなさいと、目で合図をした。

「おじいちゃん、お願い。ご飯が終わったら、車で連れてって」

「市民センターへか？」

久《ひさ》しぶりの孫とのドライブはうれしいが、パパのところに行くのは気が進まないという顔だ。

じつは里菜は先週も、ママと市民センターにさし入れを持って出かけている。そのとき見たパパの演技《えんぎ》はすばらしかった。あんなパパの姿《すがた》をおじいちゃんに見てもらいたい。おじいちゃんは本番の舞台《ぶたい》を見に行かないかもしれないから、今日がチャンスだ。たぶん、ママも同じ気持ちだと思う。

「ねえ、おじいちゃん、お願い」

亜由美もいっしょに頼んでくれた。

「私《わたし》たち、ハルカちゃんに、今日の稽古《けいこ》を見に行くって約束したんです。だから、お願いします」

ハルカと約束なんか、していなかった。まじめな亜由美《あゆみ》にしてはめずらしく、じょうずなうそだ。

「しかたがないな。約束はやぶらない方がいい」

どしゃぶりになった外を見ながら、おじいちゃんは、承知してくれた。

市民センターの地下駐車場《ちかちゅうしゃじょう》に着くと、おじいちゃんはここで待っているという。そんなおじいちゃんを、亜由美と二人で両側から引っぱって、大ホールに向かった。

残念ながら、立《た》ち稽古《げいこ》は今、終わったところらしい。額《ひたい》に汗《あせ》を流し、息をはずませているパパに小林《こばやし》さんが意見を求めている。

「山口《やまぐち》さん、どうですか？　気になるところを、遠慮《えんりょ》なく聞かせてください」

役者さんたちもパパのまわりに集まって、「お願いします！」と頭をさげた。

集まった人たちの中に、知っている顔が数人見えた。和菓子屋《わがしや》さんや、クリーニングの注文を取りに来るお兄さんもいる。お坊《ぼう》さんの衣装《いしょう》は、市役所につとめているハルカのお父さんだ。

「じゃあ、ちょっといいですか。ここのところ」

パパが台本を持って、一人の役者になにか注意をあたえたあと、広い舞台《ぶたい》をかけまわるようにして、指図をはじめた。

「音響《おんきょう》さん、陸奥《むつ》の王者になった清衡《きよひら》が、戦《いくさ》で散った多くの命に涙《なみだ》するシーンですが……、そう、音はできるだけしぼって……」

今度は、ホールの後ろの方の天井《てんじょう》近くを見あげて、照明係になにか合図をしている。そのたびに、照明がオレンジからピンク、ムラサキと変化する。パパが、両手で大きく丸をつくった。

「OK《おーけー》です！　陸奥を戦いのない平和な国にすることをちかうところで、しだいに明るく……。そう、新しい時代のはじまりです。夜明けのように……。いいですね。これでいきましょう！」

それからも、パパのたくさんの指示にみんなが、「はい！」っと、声をそろえた。

パパにかけよりなにか熱心に聞いている人もいる。家やまんぷく食堂にいるときの、おまぬけなパパとはまったく別人だ。

「里菜《りな》のパパすごいね」

亜由美《あゆみ》がほっと、ため息をついた。

「ふんっ、わかったふりをしおって……。西も東もわからんくせに」

と、いいながらも、おじいちゃんはパパを少し見なおしてくれたのでは…と思った。


そして、ついに本番の日曜日がやってきた。

パパは、早朝から市民センターに出かけている。ママは、今日《きょう》は少しだけおめかしをして、手に小さな花束を持っていた。雑草《ざっそう》ではない、ほんもののバラの花束だ。里菜は、おばあちゃんが買ってくれたワンピースを着て、リボンもつけた。前に新幹線《しんかんせん》で東京《とうきょう》の舞台《ぶたい》を見に行ったときみたいで、なんだかわくわくする。

アパートの前に、おじいちゃんの黒いピカピカの車が待っていた。運転手はママの弟の修兄《しゅうにい》ちゃんだ。おじいちゃんとおばあちゃんも後ろの席にすわっている。

おばあちゃんのとなりに乗りこんだ里菜は、運転席の修兄ちゃんに声をかけた。

「修兄ちゃん、京都《きょうと》からパパの演劇《えんげき》、見に来てくれたんだね。ありがとう！」

「どこまでだって来るよ。ぼくは、信介兄《しんすけにい》さんのファンだからね」

修兄ちゃんがバックミラーごしに、里菜にウィンクをした。

「ふん、遠くから、くだらないことに、わざわざ来おって」

おじいちゃんは、あいかわらずだ。ママがむっとしている。

「くだらない、ですって……」

またけんかがはじまるかと思ったけれど、今日はママがぐっとこらえた。

こんなときは、里菜の出番だ。

「おじいちゃん、おばあちゃん、来てくれて、ありがとう」

「修一《しゅういち》に無理に誘《さそ》われたんだ」

おじいちゃんの苦虫《にがむし》をかみつぶしたような表情《ひょうじょう》はかわらない。

「それに信介《しんすけ》などを見に行くわけではない。陸奥《むつ》の英雄《えいゆう》、藤原清衡《ふじわらのきよひら》を見に行くんだ」

と、ブツブツいった。


市民センターの大ホールは満席だった。立ち見席まで出ている。

原作を書いた地元在住《じもとざいじゅう》の作家も来ていて、会場は華《はな》やかな雰囲気《ふんいき》に包まれていた。

「私《わたし》の踊《おど》りの発表会のときは、前の方がちょこっと埋《う》まっただけだったのに……」

おばあちゃんが少しだけくやしそうにつぶやいた。

出演者《しゅつえんしゃ》はパパ以外は素人《しろうと》だから、ぎこちないところや失敗もあったけれど、感動的な舞台《ぶたい》だった。

平泉《ひらいずみ》でおじいちゃんが見せてくれたような、美しい風景の中で幕《まく》が降《お》りたとき、里《り》菜《な》は胸《むね》が熱くなっていた。

里菜のとなりで、ママは泣きじゃくっている。おばあちゃんも泣いていた。おじいちゃんは眼鏡《めがね》をずらして、目にハンカチをあてている。修兄《しゅうにい》ちゃんは、じっと舞台《ぶたい》を見つめていた。

カーテンコールで、役者さんたちが次々にステージに登場する。

子役から、大人まで。ハルカもうれしそうに、ステージの上で手をふっていた。

パパはなかなか出て来ない。

やっとパパが手をふりながら、登場したとき、会場から大きな拍手《はくしゅ》が起った。

「山口《やまぐち》さん！」「すてき！」「いいぞ、清衡《きよひら》！」と声がかかる。

大道具さん、小道具さんが紹介《しょうかい》された。衣装《いしょう》のチーフは泣いている。

音響《おんきょう》さんや照明さんも紹介された。

最後に演出《えんしゅつ》の小林《こばやし》さんとならんで、深々と頭をさげるパパは一段《いちだん》と、大きな拍手の中にいた。

ママは顔をおおって、まだ泣いている。

「信介《しんすけ》は、やっぱり俳優《はいゆう》なんだ。そのために生まれてきたのよ」

と、子どもみたいに泣きじゃくっている。

おばあちゃんが、おじいちゃんに話しかけていた。

「なにをやってもだめだと思える人にも、特技《とくぎ》ってあるものですねえ。天性《てんせい》っていうんですかねえ」

「まったく、スットコドッコイめが……」

おじいちゃんも、パパを見なおしたにちがいない。

鼻をかんでいたママは、里菜に花束を持たせた。小さいけれど、パパの好きな赤いバラの花束だ。

「ママが行けばいいのに」

「だめ、涙《なみだ》がとまらないもん」

何人かが出場者に花束をわたしていた。その中に、まんぷく食堂のお客さんたちの姿《すがた》も見える。

里菜《りな》も舞台《ぶたい》にかけよって、パパに花束をわたした。

観客を見送ったあと、パパは地元新聞社やテレビ局の人たちに囲まれて、インタビューにこたえていた。

そんなパパに、「おめでとう」をいいたくて、里菜が壁《かべ》ぎわで待っていたときだった。

やはり里菜と同じように、少しはなれたところで、パパのことをじっと見ている男の人に気がついた。口ひげを生《は》やした都会風の人で、パパよりはだいぶ年上のように見えた。

やっとパパが里菜に気づいてそばに来てくれたときには、その人はどこかへ消えていた。

里菜が大ホールにもどると、ママは前の席の背《せ》もたれにつっぷして、まだ泣いていた。

「ママ、修兄《しゅうにい》ちゃんたち、車で待ってるよ。パパは打ち上げがあるから、先に帰りなさいって」

それでもママはなかなか立ちあがろうとしない。

最初はパパのステージに感動しての涙《なみだ》だったはず。でも、なんだか様子がちがう。

今、目の前のママは、にぎりこぶしで自分のひざをたたき、くやしくてたまらないというように泣きじゃくっていた。

次の日の晩《ばん》、里菜の一家は、おじいちゃんの家にいた。修兄ちゃんも来ているからと、めずらしく、おじいちゃんが夕飯によんでくれたのだ。

「うんっ」

せきばらいをして、おじいちゃんはパパにビールをすすめた。

パパはカチコチにかたまっている。舞台《ぶたい》で堂々としていたパパとは、まるで別人だ。さしみに醬油《しょうゆ》もつけないで、口に入れたり、お寿司《すし》に天つゆをつけたりするので、ママと里菜《りな》は気が気ではない。

パパをリラックスさせようと、おばあちゃんが今日《きょう》の『森花日々新聞《もりはなにちにちしんぶん》』をひろげた。一面には大観衆《だいかんしゅう》の前で、パパが手をふっている写真。記事は、「今年度の大成功は主演《しゅえん》の山口《やまぐち》氏の功績《こうせき》が大きい」とパパのことをほめていた。

修兄《しゅうにい》ちゃんがパパにいった。

「おやじったら、今朝から何度も、この新聞を見ているんだよ」

「そんなことはない！　新聞は毎日、読んでいる。おまえは大学生のくせに新聞も読まんのだろう」

そういいながらも、おじいちゃんはパパのコップにビールをつぎ、せきばらいをすると、話しはじめた。

「おれは今まで、会社でいろんな人間を使ってきた。だが、あんたほど使えないやつは初めてだった」

里菜はドキリとした。おじいちゃんは、また、パパをしかるのだろうか。

小さくなっているパパに向かって、おじいちゃんは続けた。

「おれはこれでも、我慢強《がまんづよ》い方だ。清衡《きよひら》の血を引く陸奥《むつ》の人間だからな。しかし、あんたは、どならずにはいられないことばかり、やらかした」

修兄ちゃんはクスクス笑っている。きっとパパの失敗を聞いたんだ。

パパは肩《かた》をすぼめて、ちぢこまっている。

里菜は、そっと口をはさんだ。

「だって、パパは方向音痴《ほうこうおんち》だし……」

ママも、だまっていられないようだ。

「そうよ、だから、私《わたし》は初めから無理だっていったのよ。信介《しんすけ》は逃《に》げだしたんじゃないわ。自分から身を引いたの。お父さんの会社に、これ以上、迷惑《めいわく》をかけたくなかっただけ……」

おじいちゃんがさえぎった。

「しかっているのではない。つまりだ……昨日《きのう》の舞台を見て、人には向き不向きがあるってことがよくわかったと、いいたかったんだ。まあ、なんだな……、いい舞台《ぶたい》だった」

おじいちゃんにすれば、最高のほめ言葉だ。

パパは神妙《しんみょう》な顔で頭をさげた。

「ありがとうございます。おかげさまで、市民劇場《しみんげきじょう》に出させてもらって、昨日《きのう》はすばらしい一日でした。この町に仲間もできました。それに、もう一つ、仕事の口が見つかりそうなんです」

里菜《りな》とママも聞いていないことだった。

「おお、それはよかった。なんの仕事だ?」

「みちのくFMラジオの番組をもらえそうなんです。週一回だけですが……」

大学生のときから劇団《げきだん》に入っていたパパは、バイトで深夜ラジオに出ていたそうだ。

今度の公演《こうえん》がきっかけで、そんなパパにラジオ局から声がかかったという。

「すごい!　パパ」

「まあ、まあ、よかったこと」

里菜とおばあちゃんは、思わず手を取りあった。

「でも、兄さんはラジオじゃもったいないよ。イケメンはテレビじゃなくちゃ」

といったのは、修兄《しゅうにい》ちゃんだ。

おじいちゃんが、首を横にふる。

「いや、何事も一歩一歩、進めばいいんだ。一生懸命《いっしょうけんめい》やればみとめられて、いつの間にか仕事は増《ふ》える。おれもそうやって、ここまできた」

「はい。がんばります。今度こそ、ここで真貴《まき》と里菜をしっかり守ります」

パパはおじいちゃんのおちょこに、ぎこちない手つきでお酒をついだ。

「おっとと……」

というおじいちゃんの口元が笑っている。

里菜はうれしくてしかたなかった。

「クラスのみんながパパを紹介《しょうかい》して、っていうの。ねえパパ、文化祭には必ず来てね」

「もちろんだよ。参観日も、パパが行くぞ」

「うん！　みんなに自慢《じまん》できる！」

おじいちゃんも、お酒がまわって上機嫌《じょうきげん》になってきた。

「さあ、信介君《しんすけ》、遠慮《えんりょ》しないで寿司《すし》も、刺身《さしみ》も食べなさい。アパートでは、ろくなもん、食っていないんだろう」

とパパの肩《かた》をたたいている。

おばあちゃんが、涙《なみだ》ぐんでいた。

夢《ゆめ》にまで見た幸せな時間……。


帰りは修兄《しゅうにい》ちゃんが車で送ってくれた。

車の中で、緊張《きんちょう》がとけたパパはハイテンションになっていた。

「おじいちゃんと仲よくできて、ほんとうによかったよ。これからは、毎年、市民劇《しみんげき》場《じょう》にもかかわれそうだし、いつかシナリオも書きたいな。おじいちゃんに、もっとみとめてもらうようにがんばらないと……」

とりとめなくしゃべる。

反対に、ママの口数が少ない。

そういえば、おじいちゃんの家で、ママは大好きなお寿司を一個《こ》しか食べなかった。

7 消えたパパ

久《ひさ》しぶりに太陽が顔を出した暑い日だった。

校門を出た里菜《りな》は、あたりを見まわした。まんぷく食堂やラジオ局で働くことになったパパは、もう校門の前にいることはない。わかっているのに、ついさがしてしまう。

ハルカがかけて来て、里菜を追いぬいた。

「バイバイ、里菜ちゃん、イケメンパパによろしくね」

みんなが里菜のパパのことを、「イケメンパパ」とよぶようになっていた。

家に帰るとアパートの前に、ママの自転車が置いてあった。毎日、通勤《つうきん》に使っているものだ。

「どうしたんだろう？」

仕事が休みだなんて、聞いていない。玄関《げんかん》にはカギもかかっていなかった。

「ママ、帰ってるの？」

ママは、居間《いま》のソファーで寝《ね》ていた。朝起きたときと同じ服装《ふくそう》だ。

なんだか、いやな予感がした。

「ママ、仕事休んだの？」

ママは顔にかかったもじゃもじゃの髪《かみ》の中でうなずいた。

「ぐあい悪いの？」

「別に……。ママだって、たまには休みたいのよ」

そういえば、ママはずっと働きどおしだ。運送会社が休みの日は、まんぷく食堂で働いている。

「じゃあ、ママも冷たいジュース、飲む？」

冷蔵庫《れいぞうこ》を開けながら、聞いた。

「いらない」

「アイスクリームは？」

「いらない」

髪の間から見えたママの顔がなんだか赤い。

「熱があるんじゃない？」

里菜《りな》が近づこうとすると、

「危《あぶ》ない！　こっちに来ないで」

と、どなられた。

そのとき、ソファーの下に数本のビールのあき缶《かん》がころがっているのに気がついた。

周辺には、われた瀬戸物《せともの》が散らばっている。

はっとした。ピンクと水色のかけら……。

（パパとママのペアカップ！）

三月に引《ひ》っ越《こ》して来たときに、一番最初にそろえたものだ。

（あんなに大事にしていたのに）

背中《せなか》に、悪寒《おかん》がはしった。冷たい氷でも押《お》しつけられたような、そんな感じ……。

「踏《ふ》むと危《あぶ》ないから、こっちに来ないで」

顔にかかった前髪《まえがみ》のすき間から、ママの真っ赤な目が見えた。ママは泣いている。

「なにがあったの？」

「……」

「パパは？」

「知らない」

ママは里菜《りな》に背中《せなか》を向けた。

（パパがいなくなった……）

そう思った。

「ねえ、パパはどこ？」

近づこうとすると、ママが起きあがって、里菜をつきとばした。

「バカ！　足、けがするってば」

「だから、パパはどこへ行ったの？」

「追いだしちゃった。あんなやつ」

ママがはきだすようにいう。

「ほんとうなの？　ねえ、ママ、ちゃんと話して」

「もう、東京《とうきょう》に着いてるかもよ」

「そんな……。ひどい！　ママ、ひどいよ」

「だって、だって……」

ママは泣きじゃくった。

なにがなんだかわからない。

「だってじゃないよ！　パパはママのだんなさんだけど、私《わたし》のパパだよ。なんで里菜に相談もしないで、かってなことするの！」

「もう、顔も見たくないのよ」

話にならない。

「ママのバカ！」

里菜は家を飛びだし、ママの自転車で、駅に向かった。

（文化祭に来てくれるっていったのに……。参観日にも来るって約束したのに……）

「パパ！　パパ！」

駅に着いたけれど、どこをさがしていいかわからなかった。改札を入るお金もない。

改札口に乗りだして、「パパ！」と声をかぎりにさけんだら、駅員さんがかけて来た。

「どうしたの？　パパのわすれものでも持って来たのかい？」

里菜《りな》は首を横にふった。

「パパが……いないんです。……私《わたし》のパパ……」

「パパっていわれても、どんな人だい？」

「……イケメン」

ついそういってしまった。

「自分の親をイケメン？」

はられたままの市民劇場《しみんげきじょう》のポスターがちょうど目に入った。

「あ、あの人……」

と指さすと、駅員さんはいやな顔をした。

「まったく、大人をからかって」

不機嫌《ふきげん》そうに向こうに行ってしまった。

公衆電話《こうしゅうでんわ》を見つけたけれど、十円玉さえ持っていなかった。待合室や切符売り場《きっぷうりば》をさがしまわり、市民センターへも、ラジオ局にも行ってみた。どこにもパパはいない。

里菜はいつの間にか、おじいちゃんの家の前に来ていた。けれど、中には入れなかった。

あの晩《ばん》、あんなに喜んでいたおばあちゃんは、話を聞いたら、どんなに悲しむだろう。そして、おじいちゃんは、またどんなにおこるだろう。

ママや里菜、おじいちゃんに、「ずっとママと里菜を守る」と約束したパパ……。

亜由美《あゆみ》に会いたかった。里菜は自転車を押《お》して、まんぷく食堂に向かった。

店の表には、まだ市民劇場のポスターがはられている。自転車をとめて、ポスターのパパの前に立った。左斜《ひだりなな》め四十五度、自慢《じまん》の角度でかっこよく決めたパパ……。

「リーナ!」と大きく手をひろげて、笑うパパの顔を思いうかべていたら、ガラリと食堂の戸が開いた。

「リーナ！」

「えっ？」

そこには、エプロンをしたパパが立っていた。ほうきとちりとりを持って、いつもとかわらない顔をして。

「……パパ？」

ぼんやり聞く里菜《りな》に、顔を近づけ、自分の高い鼻を指さして、「パパ」と笑う。

里菜はパパにしがみついて、ワーと泣いた。

「東京《とうきょう》に行ちゃったかと思った」

パパの胸《むね》をポカポカなぐる。

「バカだなあ。パパが里菜にだまってどこかに行ってしまうわけないだろ」

「だって、ママが、……そういったもん」

「それでパパをさがしていたの？」

「うん、駅も、市民センターも、ラジオ局も……」

「なんで、一番にここに来なかったの？」

んぷ
堂

「あっ」

そういわれればそうだ。ちょうどまんぷく食堂の勤務時間《きんむじかん》だ。

「あわてんぼうなところは、リーナもパパにそっくりだね」

パパは、里菜《りな》を抱《だ》きしめた。


里菜とパパは、まんぷく食堂のテーブルに向かいあってすわった。

「ママとけんかしたでしょう?」

里菜が聞くと、パパはすなおにみとめた。

「うん、けんかした」

「ママがきらいになったの?」

すると、パパは大げさなほど、ぶんぶんと首を横にふった。

「きらいになんか、なっていない」

断固《だんこ》としていう。

「じゃあ、やっぱりママだね。ママにきらわれちゃったんだ」

「それもちがう！」

パパは立ちあがった。

「パパと、ママは愛しあっているぞう！」

両手をひろげて、腹《はら》の底から声を出す。またはじまった。

「こんなときに、お笑いなんか、やらないで！」

しかられた子どものように、パパがストンとすわったとき、常連《じょうれん》さんたちがぞろぞろと店に入って来た。

おじさんが里菜の耳元でささやいた。

「あとでおじさんがママをよんで、パパと仲なおりするように話してあげるよ。心配しないで、亜由美《あゆみ》の部屋にいなさい」

手に二つのソフトクリームを持った亜由美が、こっちに来てと、目で合図している。

「里菜、だいじょうぶ？」

「うん。ありがとう、亜由美」

亜由美《あゆみ》が貸《か》してくれた大きなクッションによりかかって、ソフトクリームをなめた。

「亜由美の方が、私《わたし》なんかよりたいへんなのに……、ごめんね」

「そんなことないよ。来てくれてよかった」

亜由美の顔を見たら、なんだか気持ちが落ち着いた。

「うちのパパとママのことだもの、明日になれば、また仲よしになるかもね」

「うん、また、『真貴《まき》、愛してるぞ〜』ってさわぎだすかもよ」

「近所迷惑《きんじょめいわく》で困《こま》るね」

二人で、ふふふっと笑った。

やっぱり亜由美といると、ほっとする。

「亜由美、そっちはどう？」

「私ね、夕べ、お父さんに、どうしてお母さんをむかえに行かないのかって聞いたの」

亜由美はちゃんと動きだしていた。

「そしたら？」

「『かわいそうだからだよ』だって」

「えっ？　どういうこと？　さっぱりわからない。」

大人のいうことはさっぱりわからない。

「母さんは若《わか》くてきれいだから、連れもどして、また、おれなんかといっしょに、こんな店で一生働かせるのはかわいそうなんだ、って」

「そんなことないと思うけど」

亜由美もうなずく。

「でも……」

亜由美が目をふせた。

「和子《かずこ》おばさんにいわれたの。そろそろお母さんのところに行った方がいいよ。お母さんが別の人を好きになったら、あんたここにおいてきぼりになっちゃうよ、って」

「まさか、そんな！」

おばさんが亜由美をおいてきぼりにするわけがない。

「絶対《ぜったい》、そんなことないって」

「うん……」

亜由美《あゆみ》は、また、くちびるをかんだ。

「でも、ときどき、心配になる。……店のお客さんたちがうわさしてた。お母さんはいい人できたから出て行った、って」

必死で涙《なみだ》をこらえている亜由美の手を里菜《りな》はにぎった。

「だいじょうぶ。ただのうわさだよ」

「うん……」

うなずく亜由美の肩《かた》がふるえている。

里菜は、今日《きょう》パパがいなくなったと思ったとき、どうしていいかわからないほど、悲しかった。立っている足元の土がえぐられていくような不安を感じた。

そんな気持ちに、長い間、必死にたえている亜由美のことをもっと考えてあげようと、里菜は思った。

まんぷく食堂の閉店時間《へいてんじかん》にママがやって来た。

「真貴《まき》！」

いつものオーバーリアクションで、両手をひろげるパパ。その腕《うで》の下を、無表情《むひょうじょう》ですりぬけて入って来たママ……。

テーブルに向かいあってすわった里菜とパパとママをカウンターのところで、おじさんと亜由美が心配そうに見ている。

しーんとした時間が長かった。

「ええと、……あのさ、真貴、そろそろ、夏のスリッパを買おうと思うんだけど、どんなのが……」

どうでもいいことを話しだしたパパをママがさえぎった。

「必要ないわ。もう、三人のくらしは終わりよ」

びくんと体がふるえた。

(そんなことを一人で決めないで!)

さけびたいのに声が出なかった。涙だけがかってに流れ出る。

「……ひどいよ。ママ、ひどい」

こういうのがやっとだった。

「里菜《りな》、ごめん」

ママは里菜に頭をさげた。

「パパに立派《りっぱ》な俳優《はいゆう》になってもらうことが、ママの夢《ゆめ》だったの」

パパがうなだれている。

「……パパだって、ずっとがんばってきたんだもん、しかたないよ」

里菜がやっといったとき、向こうから亜由美《あゆみ》が我慢《がまん》できないようにさけんだ。

「里菜のパパは立派な俳優さんだよ。この前、すごかったもの！」

おじさんが口を出すのはやめなさいと、亜由美をとめている。

「そうじゃないの。ボランティアやサークルじゃない。信介《しんすけ》はプロの俳優《はいゆう》になるために、ずっとがんばってきたのよ。だから、赤《あか》ん坊《ぼう》の里菜を連れて、私《わたし》はこっちへもどったわ。信介が私たちの生活費の心配なんかしていないで、思いっきり夢に向かえるようにと思ったの」

「すまなかった……」

パパがあやまったとき、ママがバンと、テーブルをこぶしで打った。

「だから！　そうじゃないんだってば！　里菜、聞いて……」

おじいちゃんが、パパに「今すぐ来ないと離婚《りこん》させる」と電話をしたとき、パパは、今までで一番いい役で、ひかり座《ざ》に立つことになっていたんだと、ママはいった。

パパが市民劇場《しみんげきじょう》に出ると決めた日、ここで小林《こばやし》さんとビールを飲みながら、口をすべらせたそうだ。

「いくらお父さんにどなられたとはいえ、俳優をやめてこっちに来るってことは、もう見こみがなくなったんだと、私、思ったわ。だったら、普通《ふつう》の幸せな家庭をつくろうと思ったのよ。でも、そうじゃなかった。それがくやしいのよ。信介、あんた、バカじゃない！　なんのために、長い間がんばってきたと思っているの！」

パパがなさけない声を出した。

「ぼく、尊敬《そんけい》している監督《かんとく》に声をかけられて、飛びあがるほどうれしかったんだ」

「だったら……」

「でも、……急に恐《こわ》くなったんだ。主役なんてやる自信がなかったんだよ」

「だって、市民劇場ではあんなに……」

里菜《りな》の言葉をパパがさえぎった。

「プロの舞台《ぶたい》とはちがう」

おどろいたようにパパを見たママは、

「……そう」

と、静かな声でいった。

「里菜、ごめんね。私《わたし》は夢《ゆめ》に向かっている信介《しんすけ》とならどんなことでもがんばれる。夢を捨《す》ててしまった信介なんかと、いっしょにくらせない」

8 家族って

昼休みに里菜《りな》と亜由美《あゆみ》は校庭の花壇《かだん》のわきにすわって、話しこんでいた。

「あのあと、どうなったの?」

亜由美が聞いた。

「とりあえず三人で家に帰ったけど……」

家の中はぎくしゃくしたままだ。

「パパは東京《とうきょう》へもどる気はないっていうの。ここで三人でくらすって決めたんだって。だけど、ママはまったくパパと口をきかない」

パパは、ママの機嫌《きげん》をとろうと、あれこれ努力していたけれど、まったく効果《こうか》はなかった。

「もう息がつまりそうだよ」

里菜は大きなため息をついて、ひざをかかえた。

ママの不機嫌な声と、パパの不安そうな顔を思いだすだけで、胸《むね》が苦しくなる。

「亜由美、私《わたし》ね、小さいときから、パパとはなれてくらしていたから、かわいそうって、よくいわれたの。パパがこっちに来たら、みんながいうの。ほんとうの家族になれたね、よかったねって」

亜由美がうなずく。

「でも、こんなんじゃゃ、パパが東京にいて、ときどき会いに行っていたころの方が、よかったのかもしれない」

「でも、そうなってもいいの？　またはなればなれだよ」

里菜《りな》はわからなくなっていた。

「亜由美《あゆみ》、家族ってなにかな？」

「えっ？」

亜由美が聞き返す。

「いっしょにくらしていること？　それとも、血がつながっていること？」

同じ家にくらしていることをいうのなら、里菜とパパとママは、十年間家族ではなかったことになる。血がつながっていることをいうなら、亜由美とお父さんは家族ではないことになる。

「そうじゃないよね。私《わたし》ね、普通《ふつう》じゃなくたっていい。みんなと同じとか、そんなのどうでもいい」

「ほんとだね」

「心がはなればなれになったら、だめなんだと思う」

里菜は亜由美を見つめた。

「私はあきらめない。幸せな家族にもどる方法を、必ず見つける」

「うん。里菜、きっと取りもどそう！」

二人は手をにぎりあった。


その日の夕方、里菜は一人でアパートにいた。

パパは、今夜はラジオ局へ出かけるといっていた。ママはまんぷく食堂を手伝っているはずだ。

里菜は踊《おど》りの稽古日《けいこび》だけれど、出かける気分になれないでいたら、玄関《げんかん》のチャイムがなった。

「里菜、いる？」

修兄《しゅうにい》ちゃんの声だ。

「あれっ？　修兄ちゃん、まだ、岩手《いわて》にいたの？」

顔を出した修兄ちゃんは口をとがらせた。

「まだはひどいな。日曜日には帰るよ」

「大学って、ひまなんだね」

「今週はたまたま休講《きゅうこう》が多いんだ。せっかくむかえに来たのに、親父《おやじ》みたいなことをいうなよ」

おばあちゃんが心配して、修兄《しゅうにい》ちゃんをよこしたのだと思う。

「里菜《りな》、なにかあったのか？」

修兄ちゃんが聞いた。

「……いろいろとね」

里菜は台所の出窓《でまど》に置かれた瀬戸物《せともの》のかけらを指さした。

「パパとママのペアカップ……」

パパが接着剤《せっちゃくざい》でなおすといいながら、そのままになっている。

「こりゃひどい。……里菜もたいへんだな」

修兄ちゃんは台所のテーブルにつっぷした里菜に向かいあってすわった。

「気になっていたんだ。この前、姉さん、様子が変だったから」

修兄ちゃんは里菜の両肩《りょうかた》に手をかけた。

「とにかく、おばあちゃんが心配して待っているから行こう」

「うん……」

おたがいの家族を取りもどそうと、亜由美《あゆみ》とちかいあったけれど、どうしていいかわからなかった。

こんな気分で稽古《けいこ》をすると、なにかあったことをおばあちゃんに気づかれてしまいそうで、気が重い。

「親父は出張《しゅっちょう》で留守《るす》なんだ。夕飯はお好み焼きだぞ。お稽古が終わったらつくってやるよ」

「ほんと？」

修兄ちゃんの言葉に、里菜は顔をあげた。そういえば、修兄ちゃんが帰ってくると必ずつくってもらうお好み焼きを、今回はまだ食べていない。

たっぷりのマヨネーズの上でカツオ節が踊《おど》りだすお好み焼きを想像《そうぞう》したら、ちょっとだけ元気が出た。

「焼きそばも入れてね！」

「もちろんさ」

修兄《しゅうにい》ちゃんが乗ってきたおじいちゃんの黒いピカピカの車に乗りこんだ。

運転をしながら、修兄ちゃんがいう。

「今度帰って来て、里菜がずいぶん大きくなっていておどろいたよ」

「もう五年生ですからね」

里菜《りな》は気どっていってみた。

「だけど、食べ物でつられるところはあいかわらずだな」

と、にやにやしている。

「ひどーい」

「あはは……」

と笑ったあと、いきなり聞かれた。

「里菜にはなにか夢《ゆめ》はあるの？」

「夢？　大人になったらなにになりたいとか、そういうやつ？」

「まあ、そんな感じ」

「うーん、ないわけではないよ。でも、ないしょ」

「けちだなあー」

修兄ちゃんが横目でにらんだ。

「だって、この前、パパに聞かれたときにも、ないしょにしたんだよ」

「教えないなら、お好み焼きをつくってやらないぞ」

「じゃあ、先に修兄ちゃんの夢を教えて」

「うーん、ないわけではないけど、ないしょだ」

「わー、ずるい！」

「あはは……、おあいこだから、うまいお好み焼きをつくってやるよ」

赤信号でとまったら、仕事帰りの人たちが、横断歩道《おうだんほどう》をぞろぞろと渡《わた》って来た。

（あっ？）

その中の一人に里菜の目は釘《くぎ》づけになった。

（……亜由美《あゆみ》のお母さん？）

髪《かみ》を肩《かた》までたらして、スカートをはいている。いつもはパンツ姿《すがた》にエプロンだから、別人かと思ったけれど、まちがいなかった。

まんぷく食堂のおじさんよりだいぶ若《わか》い、スーツ姿の男の人と目の前を歩いて行く。

男の人を見あげて、楽しそうに話すおばさんの姿が見えなくなったとき、里菜《りな》はシートにもたれて目を閉《と》じた。

「まったく、……あっちも、こっちも、どん底だよ」

亜由美には、かくしごとなしのつもり

だったけれど、これだけは話せない。

里菜の胸《むね》にまた重いものがのしかかってきた。

「なんだよ。せっかくのお好み焼きなのに」

焼きたてのお好み焼きを前に、ぼんやりしている里菜のおでこを修兄《しゅうにい》ちゃんがつついた。

「あっ、ごめん」

さっきの亜由美のお母さんの姿がどうしても目にうかんでしまう。

「お稽古《けいこ》にも身が入っていなかったわよ」

やっぱり、おばあちゃんにはお見とおしだ。

「ごめんなさい。おばあちゃん」

そんな里菜に、修兄ちゃんがいった。

「里菜、踊《おど》りのお稽古なんていやなんじゃないのか？　おばあちゃんに遠慮《えんりょ》なんかしないで、やりたくないならやめちまえ」

「まあ……、里菜《りな》、そうなの？」

おばあちゃんがおどろいている。

「そんなことない。私《わたし》、踊《おど》り大好きだよ。それに、いつかおばあちゃんはいったでしょ。日本舞踊《にほんぶよう》はどんな芸事《げいごと》にもつながるって」

「それはほんとうよ。それに、家庭でも役立つことがたくさんあるわ」

そう話しながら、おばあちゃんはきれいな手つきでお茶を入れている。これも踊りをやっているからなのだろうか。

「でも、里菜が気が進まないなら、無理することはないのよ」

「ううん」

里菜は首を横にふった。

「今日《きょう》はごめんなさい。次から、もっとがんばります」

「まあ、まあ、そんなに思いつめるなよ」

修兄《しゅうにい》ちゃんが特別大きなお好み焼きを、もう一枚《いちまい》里菜の皿にのせてくれた。

翌朝登校すると、教室の前で亜由美《あゆみ》が待っていた。

「里菜！」

亜由美はすぐに、里菜に顔をよせた。

「あのね、昨日《きのう》、お父さんがお母さんに電話をしたの」

「ほんと？」

「私がお父さんに頼《たの》んだの」

なにもできないでいる里菜とは反対に、亜由美は、ちゃんと動きだしている。

「『お母さんのことが好きなら、里菜のパパのように愛してるって、いってあげて。お願いします。そうしたら、きっとお母さん帰ってくるよ』っていったの」

幸せな家族を取りもどすために、亜由美は一生懸命《いっしょうけんめい》だ。

「そしたら？」

「お父さん、そんなこと気恥《きは》ずかしくていえないっていったけど、一生のお願いって頼んだの」

「それで？　おじさん、いったの？」

「うん。……お父さん、緊張《きんちょう》してたよ」

亜由美《あゆみ》はおじさんの口まねをした。

「もしもし、幸子《さちこ》。ええと……、あのな。あ、あい、あい……あ……、亜由美と、三人で温泉《おんせん》にでも行かねえか、だって」

「なあんだぁ」

ちょっとがっかりしたけれど、亜由美はうれしそうだった。

「お母さん、温泉に行くって約束してくれた。温泉で、これからのことをちゃんと三人で話しあうの」

「よかったね、亜由美」

思わず手を取ってから、はっとした。昨日《きのう》、男の人といっしょに歩いていたおばさんの姿《すがた》が目にうかぶ。そんな里菜《りな》の不安な気持ちが亜由美に伝わったようだ。

亜由美は真剣《しんけん》な顔で里菜を見つめた。

「どんな結果になるかはわからない。でも、うやむやなままで終わるのはいや」

「うん、そうだね」

里菜や亜由美のクラスにも、お父さん、お母さんがいない子がいる。いきなり、「離《り》婚《こん》することになったから」と告げられてしまった子もいた。

「家族のことは、子どもにだって大問題なのに、大人だけでかってに決められるのはいや！」

「うん。そんなの許《ゆる》せない！」

「亜由美。がんばろう」

「うん。里菜、がんばろう」

思わず亜由美をハグして、里菜は泣いてしまった。

次の日の夕方、パパとママの帰りを里菜は待っていた。

今日《きょう》はまんぷく食堂の定休日で、ラジオの仕事もないのに、里菜が家に帰っても、パパはいなかった。買い物にでも行ったらしい。

ママも、残業がなければ早く帰って来るはずだ。

三人でちゃんと話しあうのは今日がチャンスだった。

それでも、どんなふうに話しだしたらいいのかわからない。

（亜由美《あゆみ》んちのおじさんやおばさんなら、静かに話しあうと思うけど……）

どこかぬけているパパと、おこりだすと手のつけられないママ……。

そんなことをあれこれ考えて、宿題にも集中できないでいるときに玄関《げんかん》のチャイムがなった。

「こんにちは、クリーニング屋です」

「あっ、ありがとうございます」

できあがったシャツを受け取ったときだった。

「この前はお父さんにお世話になりました」

といわれた。

「あっ、もしかして、パパと戦っていた？」

「そうそう。このへんをばっさり」

お兄さんは首を切られるしぐさをした。市民劇場《しみんげきじょう》でパパの敵《てき》の武将《ぶしょう》の役だった人だ。

「とてもいい舞台《ぶたい》だったと、みんなにほめられました。山口《やまぐち》さんのおかげです」

と、お兄さんはうれしそうだ。

「ところで、これがシャツのポケットに入っていました」

お兄さんは一枚《いちまい》の名刺《めいし》を里菜《りな》にわたした。

シャツは市民劇場の日にパパが着て出かけたものだった。

お兄さんが出て行ったあと、わたされた名刺をながめて、里菜ははっとした。聞いたことのある有名な舞台監督《ぶたいかんとく》の名前が書いてある。

里菜の胸《むね》がドカドカと音をたてた。

市民劇場が終わったとき、インタビューを受けるパパをじっと見つめていた人……。

「あの人だ！」

9 世界で一番

里菜《りな》はパパの携帯電話《けいたいでんわ》に、電話をかけた。

「どうしたんだい？　リーナ？」

なんだか、ザワザワ音がする。

「パパ、今どこにいるの？」

「……」

雑音《ざつおん》で聞き取れない。

「えっ？　どこ？」

「北上川《きたかみがわ》の河川敷《かせんじき》だよ。すぐ近く……」

「あのね、クリーニング屋のお兄さんが……」

「えっ、なんだって？」

水かさが増《ふ》えて流れが急なためなのか、ザワザワと雑音がひどくて、よく聞き取れない。

「そんなところで、なにしてるの？」

「……発声練習、最近声を……。……ええと、来年の市民劇場《しみんげきじょう》のため……」

気がつくと、玄関《げんかん》にママが立っていた。

里菜《りな》はとっさにいたずらを思いついて、大声を出した。

「パパ、北上川にいるなんて、どういうこと?」

泣きそうな声で続ける。

「学校で、川に近よらないようにっていってたよ。危《あぶ》ないよ!」

そのときだった。

「あっー!」

とパパのさけび声が聞こえて、電話が切れた。

「どうしたの?」

ママが青ざめている。里菜は本気であわてた。

「ママ、たいへん、パパが、パパが川に……。そこの河川敷……」

「信介《しんすけ》!」

「早まらないでー!」

ママはさけびながら、かけだしていた。

(パパが、川に携帯電話《けいたいでんわ》を落っことしたみたい、っていおうとしたのに……)

里菜《りな》は落ち着いて、玄関《げんかん》のカギをかけてからママを追いかけた。

橋の上から見ておどろいた。

パパがパンツ一丁になって、川に入っていた。ひざまで水につかっている。

「パパ、危《あぶ》ないからやめて！」

里菜がさけんだとき、ママがものすごいいきおいで川に入って行った。

「信介《しんすけ》、ごめん。死なないで。きらいになったなんてうそよ！」

パパにしがみついて、大泣きするママの声が橋の上まで聞こえてくる。

里菜はすべてがわかったような気がした。ママがパパをきらいになるわけがない。ペアのカップを選んでいるときのうれしそうなママの顔が今でも目にうかぶ。それを壊《こわ》してまでも、ママはもう一度、パパの夢《ゆめ》を応援《おうえん》しようとしていたんだ。

気がつくと、まわりに人がたくさん集まっていた。なにごとかと、パパとママを橋の上から見ている。

里菜は河原《かわら》におりて、川からあがってきたパパに服をさしだした。

「パパ、服を着て。恥《は》ずかしいよ。ママも、もう泣かないで！」

それにしても、似《に》たもの夫婦《ふうふ》だな、と里菜《りな》は思った。


結局、携帯電話《けいたいでんわ》を拾いあげることはできないまま、アパートにもどった。

「パパ、これはどういうこと？」

里菜はテーブルの上に名刺《めいし》を置いた。

それを見て、ママも息をのんでいる。

「やっぱり。私《わたし》も、あの日、似た人を見かけたのよ」

「パパ、お願い。ほんとうのことを話して」

ハルカに「俳優《はいゆう》さんみたい」といわれたときのパパのあの、さびしそうな横顔が目にうかぶ。

パパって、わかりやすいと思っていたけれど、そうじゃないのかもしれない。

おじいちゃんによびだされ、この町の駅に降《お》りたとき、パパはあふれるほどの笑顔で、ママと里菜の前に立った。でも、ほんとうは新幹線《しんかんせん》の中で、泣き続けていたのかもしれない。そして、ママはとっくにそのことに気がついていたのだろう。

やっと、パパはほんとうのことを話してくれた。

「監督《かんとく》に主役の話をもらったときは、飛びあがるほどうれしかったんだ。このチャンスだけは、絶対《ぜったい》にのがすわけにはいかないと思った。お父さんにすぐ来いといわれたけれど、せっかくのチャンスだ。真貴《まき》はわかってくれるはずだと、ひかり座《ざ》に向かっていた。……だけど、途中《とちゅう》でどうしようもなく心配になったんだ。このまま、永遠《えいえん》に真貴とリーナに会えなくなったらどうしよう……。気がついたら、ぼくは無我夢中《むがむちゅう》で駅に向かって走ってた……」

「なんてことを……。ほんとうにバカなんだから……」

といいながらも、ママは涙《なみだ》ぐんでいる。

ほんとうにどうしようもないパパだ。それでも、里菜も胸《むね》が熱くなっていた。

「里菜、ママはこの前の市民劇場《しみんげきじょう》を見て思ったの。信介《しんすけ》はあんなに、すばらしい役者なんだもの。舞台《ぶたい》にもどるべきなの。信介には、役者以外、まともにできること、なに一つないんだもの」

「わかってるよ、ママ。亜由美《あゆみ》とも話したの。みんなと同じでなくたっていい。普通《ふつう》じゃなくたっていいんだよ。それでも幸せになれる方法を、三人でちゃんと考えようよ」

「ありがとう。リーナ」

パパとママがいってくれた。

土曜日の朝、里菜《りな》はパパとママと、おじいちゃんの家にいた。

「また一人で、東京《とうきょう》にもどるだと！　おまえは本気で真貴《まき》と里菜を捨《す》てる気か！」

おじいちゃんは、カンカンにおこっている。

「これからずっと真貴や里菜とくらすと、ここで約束したではないか！」

仁王立《におうだ》ちになって、パパをどなった。

「このチャランポランのスットコドッコイめ！」

「たしかに……ぼく……あの……」

緊張《きんちょう》のあまり声が出ないパパにかわって、ママが必死に説明する。

「ちがうの。私《わたし》たち、ちゃんと話しあったのよ」

「おまえはだまっていろ！」

おじいちゃんは聞く耳がない。

「せっかくすべてがうまくいくと思ったのに！」

「ねえ、お父さん、聞いて。私《わたし》と里菜が、東京にもどるようにすすめたの！　里菜もいっしょに応援《おうえん》するといってくれたのよ」

「おまえがいいふくめたに決まっている」

「ちがうわ！」

ママがくいさがる。

「お願い、わかって。それが、私たち家族のやり方なの！」

「許《ゆる》さん。せっかく、まともな家族になると思ったのに、また里菜にかわいそうな思いをさせる気か！」

おじいちゃんの肩《かた》がふるえている。

「おじいちゃん！」

里菜《りな》はさけんで、おじいちゃんの前に立った。

「里菜はかわいそうな子どもなんかじゃない！」

おじいちゃんはおどろいたように里菜を見た。

「おじいちゃん、聞いて。パパは三月に、長い間の夢《ゆめ》だった主役をもらったの。でも、それを捨《す》ててまで、無我夢中《むがむちゅう》でママと里菜のところに来てくれた。ママと里菜のことがなにより大切だからだよ」

パパがじっと里菜を見ている。

「それから、ママはね、パパとはなれるのがなにより悲しいんだよ。それでもパパの夢を応援《おうえん》しようとしてるの。ねえ、わかったでしょう？　里菜のパパとママは世界で一番仲よしなの。だから、里菜は世界で一番幸せな子どもだよ」

里菜は心からそう思った。

「里菜はパパとママの子どもでうれしいの」

「里菜、ありがとう」

ママが里菜を抱《だ》きしめた。

パパはおじいちゃんの前にすわって、畳《たたみ》に手をついた。

「ぼくを主役にといってくれた監督《かんとく》が、もう一度、東京《とうきょう》の舞台《ぶたい》にもどるようにいってくれたんです。ぼく、お父さんとの約束を絶対《ぜったい》やぶらないつもりでした。でも、やっぱりもどります。許《ゆる》してください」

パパの声がかすれている。

「ほんとうに、何度も約束を守れなくて……」

「もういい……」

というおじいちゃんの声は力なかった。

「里菜たちが幸せだというなら、もう口は出さん。おれがまちがっていたのかもしれんな」

おじいちゃんはテーブルの前にすわった。

「……おれの父親はいいかげんな男だったんだ。ふらふらしていて、家にもめったに帰って来なかった。母親はいつも泣いていたし、おれたち子どもも、いやな思いばかりしていた」

初めて聞く話だった。

「……知らなかったわ」

ママもおどろいている。

「真貴《まき》と里菜《りな》には絶対《ぜったい》にそんなつらい思いをさせたくなかった。それだけだ」

おばあちゃんがおじいちゃんの背中《せなか》をやさしくさすっている。

ママがおじいちゃんにいった。

「ありがとうお父さん。でも、私《わたし》たち、ずっとはなればなれじゃないわ。私、いろいろ考えたの。里菜がみんなで幸せになる方法を考えようっていってくれたの」

ママはおじいちゃんに頭をさげた。

「今まで意地をはっていてごめんなさい。私をお父さんの会社で働かせてください。そして、いつかすすめてくれた不動産の資格《しかく》の勉強をさせてください。資格を取ったら、里菜と東京《とうきょう》に行って働きます。三人でまたいっしょにくらすの。お願いします」

ママはやっぱりしっかりものだ。

おじいちゃんは静かに話した。

「資格など取っても、都会はあまくない。また貧乏《びんぼう》ぐらしかもしれんぞ」

「だいじょうぶよ。私、我慢強《がまんづよ》いところは、お父さんにそっくりだもん」

うなずいたおじいちゃんは、里菜をやさしい目で見つめた。

「おじいちゃん、里菜もだいじょうぶだよ。貧乏にはなれちゃった」

「おやまあ」

ふきだしながらも、おばあちゃんは涙声《なみだごえ》になっている。

「里菜も向こうへ行ってしまうのねえ……。踊《おど》りのお稽古《けいこ》もおしまいね」

「東京へ行くのはまだ先の話だよ。それまで、踊りのお稽古はちゃんとするからね」

「そうね。しっかりやりましょうねえ」

と、いいながらもおばあちゃんはさみしさをかくしきれない様子だ。

おじいちゃんは、里菜の頭をなでながら、あきらめたようにいう。

「やれやれ、修一《しゅういち》のやつも、卒業しても帰って来そうもないし、里菜たちも、そのうち行ってしまう……。まだまだ、おれは、がんばらんとな」

そのとき、ふすまが開いて、入ってきたのは修兄《しゅうにい》ちゃんだった。

「姉さん、よかったね。おれ、信介兄《しんすけにい》さんは絶対《ぜったい》に俳優《はいゆう》の道を進むべきだと思っていたよ」

ろうかで聞いていたらしい。

「ねえ、父さん」

修兄《しゅうにい》ちゃんはおじいちゃんの前にすわった。

「おれ、京都《きょうと》に住んでいて、いなかの人間だということが恥《は》ずかしいような気がしていたんだ。でも、兄さんの演劇《えんげき》を見てかわった。清衡《きよひら》やこの土地で生きぬいてきた人たちの子孫であることが、すごくほこらしいと思えるようになったんだ」

修兄ちゃんはおじいちゃんとおばあちゃんにいった。

「おれ、いつか、こっちに帰ろうかなと思うようになった。……そのうち、親父《おやじ》の手伝いをしようかなって」

「まあ」

おばあちゃんが、口に手をあてた。

「よかったですね。あなた……」

おじいちゃんはうれしいくせに、強がった。

「……ふん、なまいきな。まだまだ、おまえなんかに北の人間の魂《たましい》などわかるもんか。苦労がたらんのだ」

「おじいちゃん、かっこいい。パパのいったとおりだ。おじいちゃんは清衡みたい」

里菜《りな》の言葉に、おじいちゃんが意外そうな顔でパパを見た。

「ああ……、あの清衡の役をやったとき、お父さんをイメージして演《えん》じました」

パパはすっかりてれて、頭をかいた。

10 夢《ゆめ》

一週間後の土曜日、「臨時休業《りんじきゅうぎょう》」のはり紙がされたたまんぷく食堂の前に、荷物を持った二組の家族が立っていた。

一組は亜由美《あゆみ》とおじさん。もう一組は、里菜《りな》とパパとママ。

亜由美《あゆみ》たちは、これから、おばさんと待ちあわせて、初めての温泉旅行《おんせんりょこう》に出かけるのだ。

「必ずお母さんに帰ってもらうの」

亜由美はかたく決心していた。

おじさんは、おばさんに今度こそ、「愛している」というのだろうか。

パパが、ママに両手の荷物をあずけて、おじさんの前に立った。

「さあ、おやじさん、もう一回おさらいです。こうですよ。幸子《さちこ》さんの目をしっかり見て」

パパは地面にひざをつき、両手を天に向かってひろげた。

「幸子！　愛して……」

「やめてくれよ！

そんなのはにがてなんだ。

帰って欲《ほ》しいと、ちゃんと話すよ」

おじさんが汗《あせ》をふきふき、
逃《に》げだした。

「お父さん、待って！」

亜由美があとを追う。

パパが大きな声でさけんだ。

「おやじさん、がんばってくださーい！」

「亜由美も、がんばれ！」

里菜《りな》もさけぶ。

亜由美がふり返って、大きく手をふった。

里菜はパパとママに聞いた。

「おばさん、帰ってくると思う？」

「うーん、ぼくらにはわからないけど、気持ちをちゃんと伝えあうことは大切なことだと思う」

パパは里菜《りな》の目をのぞきこむようにして、話してくれた。

「おやじさんは、亜由美《あゆみ》ちゃんに、『お母さんに愛してるっていってあげて。一生のお願いです』と頼《たの》まれたとき、はっとしたそうだよ。自分も真剣《しんけん》に幸子《さちこ》さんと話しあおうと思ったといっていたよ」

亜由美の一生懸命《いっしょうけんめい》な気持ちが、おじさんとおばさんを少しずつ動かしている。

「それにね、里菜、いいことを聞いたの」

ママがウィンクした。

「なあに？」

「亜由美ちゃんのママとうわさになっている男の人のこと」

「えっ？」

ママもうわさを知っていたんだ。店のお客さんたちから、聞いていたのだろう。

「おじいちゃんの会社の社員だったのよ。幸子さんに頼まれてアパートをいっしょにさがしていただけ」

（あっ……）

と思った。

そういえば、里菜がママとアパートをさがしたときにも、おじいちゃんの会社の人が、あちこち案内してくれた。

「幸子さん、いつまでも友だちの家にお世話になってるわけにもいかないから、亜由美ちゃんとくらせるところを見つけようとしていたんだって。昨日《きのう》、幸子さんから聞いたのよ」

ママの言葉におどろいた。

「おばさんに会ったの？」

「ほんとうかい？」

パパも知らなかったようだ。

「ほんとうよ。里菜にもパパにも、だまっていようと思ったけれど、いっちゃった」

と笑っている。

来月からおじいちゃんの会社で働くことになったママは、昨日《きのう》、これからのことを相談しに行った。そこで、ばったりおばさんに会ったそうだ。

「しかも、幸子《さちこ》さん、予約していたアパートを、昨日、キャンセルしたのよ。私《わたし》の目の前で」

「ほんと？」

ママが里菜《りな》の肩《かた》を両手でポンポンたたいた。

おばさんは、おじさんと亜由美《あゆみ》のところにもどる気なんだ。そうにちがいない。

胸《むね》が熱くなって、里菜はママの胸に顔をうずめた。

「よかった……」

「亜由美……、ほんとうに、よかった」

もう涙《なみだ》がとまらない。

パパは里菜の頭をやさしくなでてくれた。

「友だちのためにそんなに泣けるなんて、すてきなことだね、リーナ」

「だって、うれしいんだもん」

今度はパパにしがみついた。

「こんなにやさしいリーナがついていてあげれば、なにがあっても、亜由美ちゃんはがんばれるさ」

「うん！　だって、私は亜由美の親友だもん！」

「そうだったね」

パパは時計を見て、ママから荷物を受け取った。

「じゃあ、そろそろ、ぼくらも……」

ママが、「うん」とうなずく。

これから、パパの見送りだ。

「さあ、行こう」

パパは決心したように、大きく手をふって歩きだした。

「あっ！　パパ、待って！」

「信介《しんすけ》、待ってよ！」

「二人とも、早くおいで。時間がないんだよ」

足をとめないパパの背中《せなか》に、里菜《りな》はさけんだ。

「パパ、駅はそっちじゃないよ！　こっち！」

「あっ」と、肩《かた》をすぼめてもどってくるパパ。

ママが大きなため息をついた。

「あんなんで、ほんとに、だいじょうぶかなぁ」


新幹線《しんかんせん》の発車の時間がせまっている。

ママはパパが切符《きっぷ》や財布《さいふ》をなくさないようにと、せっせと世話をやいていた。まるで、修学旅行《しゅうがくりょこう》へ子どもを送りだすお母さんだ。

ホームでパパは里菜とママに向かいあった。

「真貴《まき》やリーナとくらしたこの数か月は最高の時間だった。あの時間を必ずとりもどすために、ぼくはうーんとがんばるからね」

「うん」

「信介《しんすけ》、しっかりね」

いよいよ新幹線に乗りこもうとするパパに、里菜は「耳をかして」といった。しゃがんだパパの耳にそっと話す。

「あのね、里菜の夢《ゆめ》、教えてあげる。……里菜、女優《じょゆう》さんになりたい。パパみたいに舞台《ぶたい》に立つの」

パパの目が大きく見開いた。かがやく目で里菜を見つめ、「うん」と大きくうなずく。

一番先にパパに聞いてもらいたかった夢だ。

里菜もいつか舞台に立ちたい。

修兄《しゅうにい》ちゃんや、みんなを勇気づけたパパみたいな役者になりたい。

「うん」と里菜も、うなずき返した。

ついにパパは新幹線に乗りこんだ。

「あとで、里菜たちも東京《とうきょう》に行くからね！」

「信介《しんすけ》、ご飯、ちゃんと食べるのよ！」

と、涙声《なみだごえ》のママ。

ドアが閉《し》まり、動きだした新幹線《しんかんせん》をママと二人で追いかけた。

パパが夢中《むちゅう》で手をふりながら、大きく口を開け、なにかをいっている。

声はもう聞こえない。

だけど、里菜《りな》にはしっかり聞こえるよ！

「リーナ、真貴《まき》、愛してるよ！」ってさけんでいるんだよね。

パパのひびく声に、乗客はびっくりしているだろう。車掌《しゃしょう》さんにしかられているかもしれない。

でも、気になんかするもんか！

泣きくずれたママをささえる。

「ママ、しっかり！　ほら、パパがさけんでるよ」

「うん」

ママはやっと顔をあげた。

「信介……、がんばれ……、がんばれ……」
里菜も、見えなくなる新幹線に思いっきりさけんだ。
「リーナのイケメンパパ！　だーい好き！」

作者●田沢五月（たざわ さつき）
日本児童文学者協会会員。季節風、ふろむ同人。「みちのく妖怪の町旅館『河童屋』」で遠野物語百周年文学賞受賞。第３回「新・童話の海」入選作「ゆびわがくれたプレゼント」がポプラ社より出版される。岩手県在住。

画家●森川　泉（もりかわ いずみ）
会社員を経て、フリーのイラストレーターとなる。主な挿絵の作品に『白瑠璃の輝き』『夏の猫』（国土社）『ピッチの王様』（ほるぷ出版）『戦国城』（集英社）『満員御霊！ゆうれい城』（ポプラ社）などがある。神奈川県在住。

参考文献　高橋克彦『炎立つ』

リーナのイケメンパパ

2018年1月25日初版1刷発行

作　者　田沢五月
画　家　森川　泉
装　幀　山田　武
発行所　株式会社　国土社
〒102-0094　東京都千代田区紀尾井町 3-6
☎ 03(6272)6125　FAX 03(6272)6126
URL　http://www.kokudosha.co.jp
印　刷　モリモト印刷株式会社
製　本　株式会社難波製本

落丁本・乱丁本はいつでもおとりかえいたします。
NDC913/143p/22cm　ISBN978-4-337-33634-6　C8391